创意写作书系

创意写作教学

实用方法50例

Teaching Creative Writing

Practical Approaches

伊莱恩·沃尔克（Elaine Walker） 编

吕永林 杨松涛 译

中国人民大学出版社

·北京·

“创意写作书系”顾问委员会

译者序

创意写作教学的破冰之旅

这是一本添补空白的教科书，它来得正是时候。国外高校创意写作的学科建设和教学实践已拥有近百年的历史，反观国内，无论是具体的课堂教学实践还是总体的课程体系建设，我们的创意写作训练都还属于开创阶段。据我所知，与此相关的著作虽然正在得以迅速引进或处在原创过程中，并且有的业已出版发行，但在完整、具体、真切的课堂教学实例展示和呈现方面，目前尚未有像样的著作同读者见面。

本书的旨趣在于当代高校创意写作课的教学实践，因此其实质是教学指南，不过在很大程度上，也可被作为一本创作指南来使用。本书由来自世界各地的 50 种创意写作课堂教学实例集结而成，为我们提供了诸多具体详细的创意写作教学方法和训练过程，其中，日益为大家所熟知的工作坊（workshop）化教学可谓无处不在。在某种意义上，工作坊化教学乃是本书的一个灵魂性装置，正是因为有了它的普遍存在，才确保了创意写作指南与实践的高度契合。

本书中的教学实例几乎都具备以下几种同工作坊化教学密切相关的特征：

第一，注重对群体互动的配置和调动；

第二，注重对教学创意的设计和开发；

第三，以学生的创意写作实践练习为核心。

本书第一个教学实例由主编伊莱恩·沃尔克女士提供，她所展示的正是让学生在同其他小组成员的相互交流和不断互动中实现的自我表达，并由此实现的相应的自我激发。对于这一从自己的戏剧工作坊热身项目改编而来的练习方法，沃尔克使用了“破冰船”一词进行比喻和界定。事实上，“破冰船”策略也同时为所有创意写作训练挑明了一个必要的教学前沿或训练项目——群体互动与潜能激发。

本书中的练习涵盖各种体裁：小说、诗歌、剧本、散文、随笔、文学批评、歌词创作、动物描写、游记写作、美食评论等，角度涉及方方面面：极简主义、自由间接风格、悬念、场面、情节、视角、隐含意义，等等。而无论哪一种练习，其所选取的训练角度和过程设计都极富创意，打破了传统文学教育课堂的惯例，为我们的创意化教学吹来了阵阵清风。例如本书第12篇“纸上瑜伽”，就将瑜伽和写作练习充满想象力地融合一处。以往人们总是说，写作不仅是一件脑力活儿，也是一件体力活儿，“纸上瑜伽”练习则更进一步地提醒我们，写作还是一件“身体活儿”。也就是说，一个写作者光有充沛的体力还不够，还要想办法让自己的身体和心灵达到高度契合，并在身体和精神同时放松的前提下，让创造力活跃起来，让写作自由流淌。

当然，本书中所有练习的起始与落脚都在学生们的创意写作实践本身，可以说，唯有学生们的实际操练及其提高才是创意写作教师们从枪膛射出的那颗子弹，或者说是子弹要命中的那颗苹果。在这方面，第46篇“30/30项目”是一个极好的样板。“30/30项目”是一个让学生在30天内写30首诗歌的技能训练，要求学生每天都要在网上论坛张贴一首自己的诗歌，同时阅读自己同学的作品，以此培养一种日常化的写作状态和良好习惯。

在本书中，除了这50种非常有价值的创意写作课堂教学实例之外，50 位教师各自提供的作者自介及其推荐作品，也都可以作为极佳的延伸阅读和参照对象。

本书由我和杨松涛合译完成，最后由我校订全稿。不足之处，敬请读者批评指正。

吕永林

2013 年夏日于沪上

前言

作为大学里的一个专业学科，创意写作的不同寻常之处在于，它吸引了来自各个领域的学者。一个历史学家可能只要具备历史学背景就可以了，而一个作家却往往要在一种跨领域的人生阅历中成长起来，并且还有可能要继续出没于这些领域。因此，不同的创意写作教师，其带入课堂乃至整个学科的个人资源也可能大不相同，更何况他们又都有着不一样的出版经历。

本书的编撰者都是一些已出版或已发表过作品的作家，还有一些经验丰富的演讲者和教育工作者。他们中间有游记作家、生活和美食专栏作家、剧作家、词作家，以及小说家和诗人。尽管他们来自世界各地，并且各自讲授的是文学、语言学、社会学、历史和文化研究以及创意写作，但通过本书，他们的理念得以会师一处。为了便于读者了解这些隐身于每个练习之后的充满创意的个体，本书还提供了每位作者的个人小传，这些小传都是按照我在第一个练习中所提供的模板变化而来的。

本书中的练习虽然都遵循了相同的介绍模式，但它们肯定会反映出每位提供者的不同方法、风格和文化积淀。基于学术严谨性和创造性才能这两方面，这些练习可谓开拓性地提供了种种既折中又新颖的训练方法，以解决学生在写作上常出现的毛病。本书中练习的次序是随机而定的，相信那些想要投入其中的读者决不会受到什么先入之见的限制。那些喜欢速览的读者，还可参阅本书中的主题・分类索引，以及编后记中的一些延伸想法。

你也可以调整本书中的训练方法，从而使它们同你自己的风格和学生相契合，或者就按书上所写进行教学。本书中的训练方法充满实验性质，它们随时可以被整合进你自己的资源库。

目录

1

自我激发的破冰之旅：建立小组互动

引言

对于小组合作而言，“破冰船”策略（即打开局面）是一个有效的启动装置。在创意写作训练班上，即使没有工作坊的环境，学生仍有可能被要求朗读他们的作品，或者复印出来给大家分享。通过建立这样一种轻松自然的训练氛围，大家的不适感从一开始就会消除。

这是一个我从自己的戏剧工作坊热身项目借用过来的练习，根据正在开展的创意写作课程教学，我对它进行了调整。我发现这个练习尤其适合网上的学习小组，因为它有助于给每一位不露面的成员带来相应的身份认同。而在面对面的教学当中，它也可以帮助学生避免以貌取人的成见。在这两种情形下，对于每一个小组成员而言，本练习都能起到很好的开启交流和互相了解的作用。

练　习

首先，学生需填写一张先期问卷，并调整自己以适应课堂交流。

自我激发

我的名字：________

我名字的由来：________

我的作品：________

我的推荐阅读（剧本/小说/诗歌）：________

我最喜欢的（诗歌/次要人物/舞台指导/一出戏里的妙语/一篇小说的开头，根据课程的重点）：________

以下方面，你可以问我：________

以下方面，我没法帮你：________

如果我不说，你永远不会知道：________

要是在标准化的个人信息中多加入一些出人意料的问题，效果会更好。例如，倘若被要求填写一个最难忘的舞台指导，而非仅仅填写一个最喜欢的剧本，那么学生的思考就会更加深入，给出的答案也往往会引起更多的讨论和互动。

根据各每个小组的不同构成，可以对问题进行适当调整。例如，我知道有一个网络小组，其成员包含有未成年人和退休人员，为此我加入了这样一个问题，它可以让学生在无须给出自己年龄的同时，又能透露相关信息。这就有助于大家从一开始就遵守必要的谈话界限和话题尺度。

网络组练习的启动

在网络组中，我将先期问卷发到论坛，并将我自己完成的示例也放在论坛里。这个示例既可以把我介绍给大家，又可以为那些不确定应该怎么写的学生提供一份参照。

面对面组练习的启动

在面对面的课堂中，我把先期问卷印发给大家，并要求小组成员进行结对练习，每对伙伴彼此交换信息，并把对方的信息记下来。我把自己的信息作为一个例子示范给大家，要是成员个数不是偶数，我就会跟某个学生结成一对。

网上教学模式

当我将学生已经填好的先期问卷发到网上时，我首先请大家互致问候，并在各自已经递交的信息的基础上，再提供一份更进一步的简要信息。如果是一个很大的班级，我就让每两到三个学生组成一组相互问询与回应，并记好自己所选择的伙伴，以求尽可能地达成平衡。

在非同步网络教学班，本项内容将持续一周左右的时间，然后进行新的练习，但它对班上的其余成员始终保持开放状态。晚到的成员会被鼓励去完成之前的练习项目，已有成员也会回过头来对他们的加入表示欢迎。

面对面教学模式

在面对面的教学班上，当每一对成员彼此交换好信息之后，我就让他们基于已经了解到的信息，向全班介绍其同伴。有时，我还要求他们用一种好莱坞百万销量小说式的风格去“吹捧”其同伴，在全班面前大肆宣扬。让大家一起欢笑而非彼此嘲笑，乃是最好的开局之道，它可以引导大家就写作的理想与抱负展开有益讨论。

初步的信息分享大概进行十分钟，如果大家对“吹捧”伙伴的练习反响良好，很来情绪，还可以再追加十分钟。

本练习唯一需要的教具就是复印好的材料，以及备用钢笔、铅笔和纸张——供自己忘带的学生使用。

无论是哪种教学模式，都有可能出现许多跑题或闲扯现象。在这种情况下，针对网上教学模式，我会开通一个网络“灌水”区；而针对面对面教学模式，我则建议大家干脆来一段茶歇闲聊时光。

目　的

本练习有助于建立这样一个团队：其成员乃是一些相互欣赏的个人，大家为了分享写作的乐趣而聚集在一起。填写并提交一份先期问卷似乎有些老套，但它可以鼓励害羞的学生更快地融入进来，特别是在网络环境下。它还为那些企图讲述个人私生活的学生提供了一个界限，不然的话，他们往往会提供某些我宁可不要知道的细节。

本练习还可以让学生利用各自所学的专业知识互通有无，并以此作为后面课程中的一个拓展训练，从而为“写你知道的”增加一个新的向度。这既可以让基础的训练增值，又可以提醒学生：那些他们原本觉得要么太腐朽、要么太年轻、要么太怪异、要么太无聊的人们，却往往拥有某种出人意料的经历值得大家共同分享。本练习还鼓励学生去开掘自身的生活经历，进而将之作为一种既有用又有趣的写作资源——在后面的练习中，我会让学生撰写第二个版本的个人小传，这样就可以帮助他们更加深入地体会这一点。

从一个教师的角度来看，本练习有助于识别自信、健谈、害羞或有障碍的学生，并且有助于深入了解学生在课程开展过程中的互动方式。

不管是哪种类型的课堂，为发送和接收反馈信息的行为设立必要的原则是大家互相认识的一个重要组成部分，它可以被简单概括为：“你希望别人怎样待你，你就应该怎样去对待他人。”这对于网络课堂尤其重要，因为大家在不露面的情况下很可能会说出一些当面不会说的话，所以鼓励学生将彼此视作一个个“真真切切的人”，在本练习中具有重要意义。

作者自介

伊莱恩·沃尔克（Elaine Walker）

我的全名叫朱迪丝·伊莱恩。但是因为我出生在20世纪60年代，那时候，“朱迪”在俚语中是“小妞”的意思，所以我母亲决定只让人们叫我“伊莱恩”。我创作魔幻现实主义小说、非虚构文学作品和诗歌。我的个人网站是：elaine-walker. com。我推荐的作品是《那又怎样？小说作者的写作训练》，作者是安妮·伯奈斯和帕米拉·佩因特。如果你想了解关于马这种动物或者纽卡斯尔（Newcastle）第一公爵及公爵夫人的信息，可以问我，不过数学方面我就爱莫能助了。如果我不告诉你，你永远不会知道，我在一个叫做“并行骄阳”的摇滚乐队担任主唱。

2

动物描写

引　言

动物分享我们的屋舍、爱心，还有我们的生活，然而，我们却常常在描述它们时遇到障碍，因为我们很可能并未真正懂得它们。这一经验性的匮乏往往会导致新手作家习惯于陈词滥调，无所创新。譬如：马仍然被赋予拟人化的特征，它们“勇敢”、“高贵”，有着绸缎般华美的皮毛；蛇则是“卑劣”的；狗只会“汪汪叫”；小鸡总在“发牢骚”；宠物鼠则“令人厌恶”。所有这些都未能真正契合动物们自身。最终的结果就是：大家的动物描写不但缺乏原创性，在感情上也是静止和单一的。

我使用下面的练习来帮助我的学生克服上述局限。这些练习可以在课堂上完成，也可以留作家庭作业，当然，它们最好是在一个恰当的时候被引入写作课堂的，即学生们觉得十分愉悦且愿意同大家分享其作品之时。

本练习非常依赖作者的记忆和视觉，注重通过对作者感官记忆的召回，以展示动物们的神情体态。在练习中，每个学生要自始至终聚焦于同一个动物。他们需要依次去调动不同的感官记忆，全神贯注地去想象自己的动物，每次都使用相同的工作流程：先是闭上眼睛唤起记忆，然后进入具体的写作操练。

第一阶段有四组练习，每组需要 5～10 分钟。这个阶段结束之后，我会再给学生 10 分钟，让他们根据自己前面写下的所有文字材料，用一首诗或一段文字去描述他们的动物。

练　习

首先，我让学生闭上眼睛，然后发出以下指令，并为学生的每一次想象和写作留出相应的时间。

触

闭上眼睛，想象你在触摸自己最喜欢的动物时是什么感觉。想象用不同的身体部位去触碰它，如指尖、脸颊、鼻子、嘴唇或腿，并想象触碰到动物身上的不同部位所带来的不同感受。

先摸皮毛、羽毛、鳞片、胡须、牙齿、爪子或蹄子，然后是皮肤下的肌肉群——想象其形状、长度和体积，接着是四肢和尾巴部位的肌肉、肌腱和关节。

接下来是坚硬的部位——骨骼和软骨，包括头颅、肋骨、耳骨、后臀、爪子和膝盖；还有柔软的部位——比如腹部和脚掌。

睁开眼睛，用一串精炼的词语记下你在不同触摸点跟动物接触时的感觉，如“脸颊——光滑的/丝绸般的/柔滑的/有线条感的/柔嫩的”，“唇部——干裂的/天鹅绒般的/扎人的/长着胡须的”，“爪子——坚韧的/温暖的/粗糙的/翎毛般的/齐整的/让人发痒的/羽毛似的/裸露的/骄傲的/梳齿状的”。

听

再次闭上眼睛，想象你的这个动物通过其喉咙和身体所发出的各种声音：悠长的嚎叫，尖利的啼吠，爪子划过地毯，马儿重重地躺下，一条金鱼在寂静地吞咽，嘶嘶嘶，嘘嘘嘘，嘎嘎嘎，喵喵喵……所有这些语词都是在给动物发出的声音命名，它们自己当然不会去描述。将你的耳朵调整到最佳状态，仔细辨别这些声音的高低、长短、情感色彩和发声目的。

睁开眼睛，开始描绘这些声音。想想看，你会使用什么样的语词来表现你所听到的声音？

嗅

这一次，当你闭上眼睛时，请留意你的动物在某些特定时刻散发气味的不同情状，如行走之后、湿的时候、睡觉的时候或者刚吃过东西时。注意你是去闻它的呼吸、它的皮毛和它的脚掌心。

睁开眼睛，请用酿酒师般细腻的语言，编织词句去形容动物身上的各种气味。比如：“湿乎乎的，浑身散发着浓烈的马粪味儿，同时充满了夏日青草与尘土的气息。”

尝

闭上眼睛，现在想象一下你和你的动物发生亲吻的时刻。也许是你的狗用舌头舔到了你，或者是你吻到了马的鼻子，更或者是你一不小心吸入了猫咪的唾液。还有，要是你最喜欢的动物恰恰是你养来吃的。这种体验带给你的会是一种什么滋味?

然后睁开眼睛,用两行并排的单词记下你所品尝到的质感及其气味。现在将两排单词随机组合,形成短语,如:“一阵阵的臭味”、“黏糊糊的腐肉”。

看

睁大眼睛,从你已经写下的素材中选出那些最能表现你的动物的词或短语。把它们组织起来,写一首诗或一个文字片断,为你的动物勾勒一个最为直观的形象。

最后,我让学生向班上其他同学大声朗读自己的作品,看看大家能以多快的速度猜出被描述动物的种类。一个成功的描述会将可识别性、共鸣和快乐带给听众。

作为后续作业,我要求学生在条件允许的情况下,带上自己的记录坐到动物跟前。当他们在动物身旁待了一会儿以后,就可以反思一下:自己想方设法用语言捕捉到的情境究竟怎么样?它是否真实?准确描述出这种动物了吗?

目 的

这些练习有助于创意写作者跳出人类的视角框架去思想,也有助于他们改善自己的观察力、发现新方法,进而更好地去描写动物。这些练习所呈现的是一种感官途径,它鼓励学生通过触、听、嗅、尝,乃至更常见的方法——看,去描述他们和动物的种种相遇。通过采取这种更加贴近动物生存情状的现象学方法写作,学生们可以不断尝试将动物带入文字表述的方法——这些表述都将是原创的和真切的,并且最终，它们将吸引更多的读者。

作者自介

桑德拉·伯尔（Sandra Burr）

我的全名叫桑德拉·伊丽莎白。我本该叫伊丽莎白的，可是到我这里时，刚好轮到我父亲给小孩起名。我住在澳大利亚首都堪培拉，一座被大自然和灌木丛环绕的城市。我创作非虚构文学、纪实作品和诗歌，也非常喜欢写作个人随笔。我向大家推荐黑兹尔·史密斯的《写作实验：创意写作革新策略》。如果你想知道人类为什么喜欢马，可以问我。如果我不告诉你，你永远不会知道，我简直被我的 Kindle 给迷死了。

3

小说编辑：一个创造性的批评过程

引　言

得益于我以前的文稿代理和编辑工作，这一持续性的集体协作练习。所展示的是一种有时被称为“项目推进编辑”的活动：这一工作不是对作品进行美容抛光，而是对作品提一些深层次的问题，从而使之发生脱胎换骨的转变。

我建议在课程将近结束时引入本练习，这样它就可以加强和拓展学生已经习得的技能。本练习最好能持续几周时间：学生在每一阶段都要有新的眼光，因为如果每堂课上做两个练习，容易引起学生的困惑。不过想要，面面俱到地将问题解决是不可能的——重要的是能够保持轻快的步伐，一旦有可行路径出现就赶紧向前。在确保课堂活力和成果多样化的前提下，鼓励学生独立开展课外工作。

练　习

首先，找一个在公开媒体上出现的、可以被继续完善的短篇故事。尽管学生们早已被网络所包围，但我更喜欢选择来自报纸的圣诞故事：为了方便教学，该故事要有高度的娱乐性，同时又存在一些有趣的缺陷，另外它的作者最好是一位知名作家，这样就更具有挑战性。教师首先要将该故事重新编辑成两倍行距的稿件，好让学生在中间写字，再加上必要的致谢，然后在第一课之前把它分发给大家。你唯一需要准备的其他东西就是一个白板。

阶段1：初次阅读

不要做任何铺垫，直接让学生来谈一谈他们的阅读感受。这些感受可能是非常随机、表面和主观的，但是没关系，让大家把所有感想都记下来，不必急着下结论或考虑深入的联系。然后把这些感想放到一边。关键是让大家别局限在一种思维框架里，这样，训练就可以开始了。

阶段2：文本细读

现在，让每三到四个学生组成一组，每个小组都要给出自己对文本的理解。这是一个何种类型的故事？它真正想要讲述的是什么？它的叙事模式和结构如何？它的潜在意蕴体现在哪些叙述技巧和风格上？在此期间，教师要在学生当中来回走动，以方便和激励学生随时提问。

集中各组的成果，然后提问：这个故事的深层内涵是什么？基于文本细读的成果，我们如何能更好地描述它？如果有具体想法，把它提炼成一个句子，例如：“黑色幽默式的爱情故事，通过精心设计的多重视角，揭示了双方当事人之间的背叛和欺骗。”

阶段3：技巧分析

接下来，激励各组成员仔细审视作品所有层面的写作技巧——叙事口吻、语言、立场、人物塑造、情节、节奏、时态、主题结构、人物外貌、对话运用、场景描写，等等——一旦发现老套、前后不一或者冗余之处，就记下来。本阶段的目的是收集大家对该故事叙事技巧的客观评论，但不作任何定论。

按照技巧类别，对这些观察进行记录和整理。

阶段4：深度提问

要求各组对技巧分析和文本细读进行比较。思考哪一个具体的技巧问题妨碍了故事潜在意蕴的呈现？收集所有这些想法，并把它们罗列出来，然后进行讨论，最后将它们换成一个个新的问题。比方说：“为什么叙事视角的变换似乎让我们更加远离了故事的中心？”

深度提问往往涉及故事的内在逻辑以及某些疏漏。它们可能涉及哲学、心理学、结构学或语言学，而且很有可能，另外一些富有成效的探究线索也会在此涌现。要是你有时间的话，那么更有意思的事情是对文本提出更多追问，并且观察这些问题是否会在某个时刻关联到一起。不过，对于事关重大的问题，最好是通过引导性讨论去达成共识。例如：“叙述口吻和总体效果是讽刺的，但讽刺的对象是什么呢？”

阶段5：可能的解决方案

再次使用文本阅读和技术分析的结果，鼓励每个小组去设想解决方案。要注意，一个好的问题将会有多种答案。例如，对于前面那一问题的回答可能是：“角色X——在故事中，他的地位需要调整”；也可能是："浪漫做派——对它的讽刺应该更加明显"；或者是："没有讽刺对象——叙述口吻本身是错的"。利用以上答案，让各组草拟故事的修改方案。

收集上述材料，并把它们详细记录下来。

阶段6：方案检查

现在，鼓励各组去完成他们草拟的方案，并去设想这些方案的实际效果，并检查其同其他叙事元素的关联。看看在这些方案当中，哪种会引发新的问题？哪种似乎能最好地处理问题？哪种似乎过于激进，以致背离了故事本身？

接下来，通过引导性讨论确定最佳解决方案。

阶段7：交流

最后，要求每个小组起草一篇寄给作者的编辑来信。信件可从文本细读之后的一些结论开始，并借此表达你对故事潜在意蕴的理解。然后确定主要的技术讨论议题，随即指出相应的问题，并讨论尝试解决的可行性方案，同时注意保持一种开放式的、尊重对方的真诚口吻。因为我们写信的目的是为了开启对话，而非发布指令。

请每组指派一位成员阅读他们的信件，鼓励其他学生将自己设想为作者，并考虑会做怎样的回应？

然后，从各组的草稿中抽取最佳元素，进而形成一个最终版本的编辑来信，整个练习就此结束。

目　的

本练习的目，是拓展职业性的批评技能和自我反省能力，以便学生将来能够更好地同编辑进行对话，同时也为那些想用自己的技能去谋份差使的学生提供帮助。在课堂上，通过执行一个较为复杂的任务，并以引导性小组讨论的方式去获得令人满意的结果，也会给学生创造一个确立自信的机会。

作者自介

山姆·凯利（Sam Kelly）

我的全名是萨曼莎·路易斯，实际上我觉得我的父母想叫我山姆。我用随笔这一既充满实验性质又被莫名轻视的艺术形式写作。我向大家推荐雷蒙德·格诺的《文体练习》一书。如果你需要微图画家（miniaturists）群体的信息，或者想知道有关乌力波（Oulipo）的趣事，可以问我，但我无法帮人辨别方向，包括所有涉及区分左右的事情。如果我不告诉你，你永远不会知道，我在一个乡村乐队吹长笛——虽然吹得不好，但是始终充满热情。

4

热身练习、文本细读和句子

引　言

身为作家，我们不仅阅读那些能够带来快乐的书籍，也经常留意我们读到的其他文章，尤其是那些能为我们带来兴奋和挑战的文本，它们能帮我们更好地去学习写作，以及更好地处理我们在编辑过程中遇到的问题，包括修改自己的作品。就此而言，我们必然会受到自己所读书籍的影响和教导。我所开展的是一个文本细读练习，无论是作为课堂教学还是课后作业，它都与一个短期的写作“冒险”训练紧密相关。就本练习而言，一个混合型的课堂环境最容易产生好的效果。

练　习

在进行热身练习时，所有学生都需要材料和工具。在本练习当中，文本细读讨论和写作实践将交替进行。根据你所选取的文本，这些练习既可在一周内完成，也可连续几周进行。被选文本应当具备非常出色的叙事结构，或者存在一些有争议的句子和段落。对于本练习，我最喜欢的文本有格特鲁德·斯坦的《三种生活》，欧内斯特·海明威的《老人与海》，还有凯蒂·福特生前留下的最后诗集《沉积物》。

如果可能的话，你最好在上课前指定阅读对象，或者找到一个强有力的文本片段，并把它做成讲义和PPT，以便于课堂阅读和讨论。你需要把每一个句子都读出来，这样更有助于学生找到切入讨论的方法，并把这些句子视作一个个独特的实体，以及构成段落、人物和故事的材料。顺便说一下，作家在修改自己的作品时，大声朗读也是一个至关重要的方法。

热身练习

拼句游戏

在课堂上，让学生挑选五个词语并把它们写出来，这五个词语无论是在读音还是意义上都不要有关联。这是一个自由写作练习，可以鼓励学生去玩一种杂耍的、无厘头的、灵活性的拼句游戏，但每个句子都要将这五个词语全部用上。把这五个词从逻辑和意义的束缚中解放出来，把它们放在一起念，先让它们混在一起，再让它们分开。给大家五分钟时间，然后进行快速分享。

让学生挑出一个他们特别喜欢的句子，把它写在一个新段落的最前面。用这个句子的最后一个词作为下一个句子的第一个词，如此反复。教师还可以加大难度，即要求学生用以“第一/最后”原则完成的句子去讲述一个故事。

♣ 最好的/最差的

让学生选出他们认为拼得最好的句子，同时划出那个不怎么理想的句子，然后把它们念出来，并谈谈它们好或不好的原因。趁此机会，我还会让学生去留意句法构成的要素，并让所有学生知道它们的价值所在。比如我会解释说，为什么某个句子既是强大的又是虚弱的。原因可能就在于：它的创意虽好，但语言表达却不到位；或者它的措辞虽妙，却不符合我们的拼句要求。通过对结果的讨论，学生不但可以逐步区分句子的“强”与“弱”，而且能够超越单纯的喜欢或不喜欢。这可以让学生了解“怎样”去开展批判性阅读，包括知道“为什么这样”去阅读。尤其当讨论到像斯坦这样的作家时，这种能力将是十分有用的。

句子、段落细读及写作练习

♣ 句子细读

挑选一个文本，让学生将注意力牢牢放在句子上。我喜欢用斯坦的《三种生活》这部作品，因为她用句子创造人物和故事的方式，恰好能满足我们课堂分析的需要。我们从中摘取了几个片段，然后讨论这些句子是如何在整个故事中发挥它们的功能的。我注意到，斯坦作品中那些变化多端的语言重复，完全是内在于其所在段落的，而且是整个段落的结构工具，这些“重复”可谓是相当精准地传达出了人物的思想及其行为方式。我也十分留意斯坦是如何用一种异步（asynchronous）手法将形容词层层叠加起来，并以此塑造其笔下独特的人物、场景和故事的。

句子写作练习

从斯坦的作品中选取一段文字，并随机设定一个主题，力求简单，例如“买苹果”。让学生用斯坦式的文字描述一个场景，给他们十分钟时间。无论学生是否依照斯坦的方式，只要他们能够说明自己运用了哪些“斯坦元素”就行。在这点上，我常常强调：我们学习一个作家，并不一定得像他。接下来，让学生分享和讨论彼此的作品——不仅讨论他们的句子和对“重复”技巧的借用情况，而且讨论这一语言触发机制的使用是如何影响他们自己的写作，以及它是如何影响他们去鉴别自己作品的优缺点的。

段落细读

相比较之下，海明威建构句子的技巧并不十分明显。在《老人与海》的前几页，有一段文字描写的是男孩和老人正走向老人的简陋小屋。让学生仔细阅读这段文字，并留意海明威是怎样运用语言的，以及他在某个句子中是如何安排细节和客观事物的，随后又是怎样把它们带入下一个句子的——通常具有明显不同的上下文或者语言结构——然后让其淡出，再转笔描写其他事物或细节。一个段落就建筑在这每一个句子和每一个细节的复杂性上面，从而创造出一种坚实的、令人满意的描述，包括人物性格和情感共鸣。

段落写作练习

这个练习同样没什么束缚，它让学生有机会好好想想，他们的阅读究竟在哪些方面影响了自己对句子、“重复”和细节的理解。然后，让学生带着这些思考进入写作练习，可以让他们去描述一个动作或一个场景，如爬树、沏茶，或者是进入临终者的房间。

目 的

这些练习，包括学生从细读到写作的具体形式，都是为了打通我们的文本细读和创作实践。本练习既可让学生集中观察句子和段落的构成，然后进行实际操练，也可以将目标锁定在作品影响力考察和向原作者致敬等层面上。

作者自介

伊丽莎白·里德（Elizabeth Reeder）

我的全名叫伊丽莎白·K·里德。我写长篇小说、短篇小说和广播故事，还有一些混合型作品——你可以称之为抒情散文或抒情诗。我目前涉猎的主题有：激情、记忆、建筑和草原——欢迎访问我的网站：ekreeder. com。我向大家推荐弗朗辛·普罗斯的一本书：《像作者那样阅读》。你可以问我有关繁荣、死亡和激进实验的事情。如果我不告诉你，你永远不会知道，我过去曾是一名现代舞舞者。

5

游记写作：从教室到喀土穆

引　言

对于游记写作而言，课堂练习有一个难题，那就是学生被困在教室里，根本去不了任何地方——当然，除了动用他们的记忆。所以本练习是这样一种实践课：它试图开启一个将个人经历转变为叙述的教学过程。无论你的记忆之舟停泊何处，是伯恩茅斯的潮湿周末，或是婆罗洲雨林中的徒步穿越，对于一个学习写作的人而言，旅行经历往往是一处未被其本人认知与开发的巨大资源。

以前在英语写作本科班的教学中，我曾设计过一个传记文学教学模块，现在这两个小时的课程就是在该模块基础上改进的。本课程将游记视为自传文学的一个分支，不过老师还需对学生说明，游记写作常常会涉及其他文体。

练习一：动员

有的学生可能认为，除了他们本人之外，没有谁会对他们的家庭度假、交换访问或背包旅行感兴趣。把旅游作为趣闻轶事的一个来源，跟朋友在脸谱网上分享一下当然没问题，但是他们并不觉得旅行经历还可以用于写作。所以，在课程的一开始，就有必要建立一个理论语境和实践语境，这不仅仅是为了打破学生们的观念障碍，更重要的是让学生真实感受到，他们的旅行经验如何能被创造性地开发、利用。

在一开始，我会让学生随便写一点关于出游、旅行或度假的回忆性文字。我会特意强调，并不见得非要写一个戏剧性的冒险情节或者非得有一个引人注目的充满异域风情的地方不可。几分钟之后，我请几位同学朗读自己的文字，激励他们继续进行详细扩充。

我发现，学生往往需要在老师的不断鼓励下，才会对过去的某些场景和事件有所触动，包括进行深入思考，而非只是随便讲讲。在教师所设问题的引导下，发言的学生至少可以口述出一些具有独特经历的旅行故事，他们的行动向全班同学表明：原本只是勾勒出几个要点的旅行记录，完全可以被加工成一个很棒的、整合了作者个人旅行记忆的故事素材。

在这个教学环节，我选用了哈斯拉姆和尼尔合著的《生命书写》，发给大家的第117～120页针对自传与游记写作的混合问题，内容是德里克·尼尔对珍妮·迪斯基做的一个专访。我会先让学生阅读这段访谈，然后就其所提出的问题，以及如何将其运用到自己的游记写作中展开讨论。这时，我会提出一系列问题，并让学生将之同自己正准备写的东西结合起来去思考。这些问题包括：他们的旅行范围涉及多大的地理疆域？那里有哪些风土人情或者文化、社会形态是他们以前从未见过的？对于当地的历史和政治环境，还有二者之间的相互关系，他们知道多少？就其个人而言，这次旅行在多大程度上是非同寻常？总之，我希望学生去描述，去回望，去做情境还原和背景关联，而不是进行一个简单的事件罗列。

练习二：实践

这个环节通常放在课程中段，如果前面的讨论环节进展顺利，也可以略微提前一点，总之需要学生准备好了去写才行。我会让学生参照他们一开始就写好的那个旅行记录，将它作为起点进行扩展，继而完成一篇带有个人特殊体验的游记。他们可以使用以下两个选择中的一个：

1. 采用现在时，仿佛旅程正在进行；

2. 采用过去时，追溯昔日之旅。

需要跟学生解释的是，他们在课堂所完成的只是一件半成品，因此还可以在课外作进一步的发展和完善。根据课程的性质和给学生预留的时间，我会确定一个字数限制。当然更重要的是，得让学生懂得去控制他们的主题。这个练习中有一个常见的陷阱，那就是有些学生往往想把整个假期或整个旅程全都写下来，其实，一个更加集中而小巧的主题，如聚焦于某个插曲或某一方面，反而更容易出彩。通常情况下，我给学生预留 45 分钟的写作时间。

在课程小结环节我会指出，要想完成刚刚开始的作品，学生们就需要利用各种资料去核查事实和强化叙述。我把可供参考的资料范围告诉学生，其中包括他们自己的旅行记录，比如旅行日志和观光照片等，以及相关地图和旅行指南，乃至旅行地的网上信息。

目 的

本课程的目的在于，要让学生的游记写作拥有一个更加丰富、有趣的开端，而不像我们在中小学时所写的流水账那样——不管你对当时的假日作文印象如何，它们往往只是对“这个假期我做了些什么”的呆板记录。本练习请学生特别留意一个问题，这就是：游记既要尊重客观事实，又会不可避免地沾染作者个人印迹，因此在书写者把自述体验转换为客观叙事时，如何处理好主客观的问题就变得十分关键。

学生们还要学会去选择旅途中的素材，以决定哪些需要留下，哪些可以舍弃。他们会发现，尽管游记属于非虚构写作的一个分支，但是在写作技巧方面它依然和虚构写作相通——如人物描写、场景设置和情境再现，叙述脉络或“故事”的推进，戏剧化的表达，等等。同小说家一样，游记作者也为读者创造了一种对世界的想象。

因此，尤其重要的是，本练习要让学生去深刻领会：最好的游记作者不仅是完成了一场场外部的旅行，而且实现了一次次内心的旅程。这样的旅行拥有两种叙述对象：行程本身，以及行者本人。

作者自介

马丁·贝德福德（Martyn Bedford）

我的中间名叫科比，这是我奶奶的娘家姓——唉，我的同学指不定会怎么笑话我呢。我为成年人和青少年创作小说，详细情况请见：http：//www.martynbedford.com。我还在英格兰北部的利兹三一学院教书。我给大家推荐《作家练习簿》一书，它由珍妮·纽曼、埃德蒙·库斯克和艾琳·拉·图雷特联合编著。我喜欢写作，一不写作，我就会觉得有些魂不守舍。如果你对伊尔克利沼泽的自然与超自然现象感兴趣，可以问我，但不要指望我在DIY方面能对你有什么帮助。如果我不告诉你，你永远不会知道，我在13～19岁之间，曾担任过200多场足球比赛的裁判。

6

自由间接风格的灵活性

引 言

当我满杯热忱地开始写小说时，在大学的写作工作坊课上，一些认真的读者有时会给我提出这样的意见："这个词——'描绘'——小说中的这个人物是不会使用它的。根据我对故事的理解，'描绘'这个词听起来不像是芬克尔夫人说的话。"那时我的第一反应是：没错！芬克尔夫人当然是不会使用"描绘"这个词的。多么明显的错误！多么可笑的看法！芬克尔夫人的确不会这么说话！"描绘"一词是叙述者的语言——根据定义，小说叙述者是唯一一个讲故事的人。

所幸现在我总算明白了，我的那些读者不仅懂得，而且是极其严格地使用了一个当时我既不理解也未慎重对待的概念——自由间接风格——他们以为我在小说中是有意识地使用了这一手法。他们认为，既然芬克尔夫人看起来像是小说的主人公，那么叙述者就要以某种方式被渗透她的意识。因此，他们希望看到，我小说中的叙述语言能够符合人物自身的语言和想法。

现在，为了让我的学生尽早掌握自由间接风格这个概念，而不再像我过去那样犯错，我特意设计了一个“定义启动装置”，即把客观的第三人称叙事同人物自己的声音融合起来。我发现，这有助于学生首先去考虑他们自己的叙述声音的多样化：有的是他们用来发表公开演讲的，有的是他们用来跟朋友亲密交谈的，还有的是私人性的，用以袒露其内心最美好或最糟糕的念想。

他们需要明白，在一个使用了自由间接风格的故事中，读者所看到的叙述时而是外部叙述对人物内心的渗透，时而是人物内心对外部叙述的反射。我解释说，这是一种修辞上的迁移策略，作家们常常称之为“灵魂交互”，而所谓“间接”在这里指的是：避免对人物心理进行直接刻画。

你需要发给学生一些简单的材料，用以说明自由间接风格具体是怎么运作的，从而让学生在做练习时有所参考。内容可以如下：

直接心理刻画

他从一个房间转到另一个房间，咒骂自己。没人知道他遭遇了什么事情，他心说。

自由间接风格

他从一个房间转到另一个房间，咒骂自己。这该死的世界，有谁知道他正在遭受些什么事情。

在上面的自由间接风格实例中，“该死的”一词意味着叙述者介入了人物的内心。注意，是人物“他”在使用“该死的”这个词，叙述者则未必有同样看法。

叙述者暂时抛开了自己对事件的直接表述，而走了“间接”路线。在上面的例子中我们看到，叙述者对人物内心的描述首先是经由人物自身的意识来展开的。

练 习

要求学生写一段说明性散文，地点设置在一个繁忙机场的行李认领区，中午时分，采取这样的人物视角：

一位优秀的作家，目光敏锐，措辞老练而准确，既不古板，也不随意。这位作家在观察一个明显有些心烦意乱的陌生年轻人，他/她正在等待自己的行李。至于这个年轻人为何会心烦意乱，那位敏锐的观察者也无从知晓。

以上练习限时5～10分钟。

接下来，使用同样的语境设置（行李认领区，繁忙的机场，中午时分），然后采取以下人物的视角来写一段说明性散文：

一个年轻人，也许是一个学生，穿着随便，但不暴露，长时间出门在外，刚刚返乡。他/她正在行李认领区等候。在他/她的个人世界里，有什么重要的事情最近发生了突变。对于这种变化的种种担忧似乎正侵袭着他/她的内心。

以上练习限时5～10分钟。

当学生完成对第二个人物的描述时，让他们暂时停一会儿。请他们大声朗读这两段文字，可以每两个或三个人组成一组，随即展开相应的讨论。例如：作者是用什么方法去区分两个人物的不同声音的？而这些方法——关于措辞、语法、语速、句子长度、人物愿意或不愿意去思考或表达自己的真实想法——能告诉读者些什么呢？介绍每个人物，他们是谁？又有些什么故事？

接下来，让学生试着去写第三篇说明性散文，这一次给他们10～15

分钟的时间。这篇文字要将前面的两种人物声音捏合到一起，方法如下：

整段叙述从那位作家的角度和口气开始——善于观察，又明显疏远；随后转入那个年轻人，可以从措辞、语法以及年轻人说话和思考问题的方式等方面着手，要体现出他的生活正在发生重大变故。在这个写作环节上，两个人物的声音应当首先分别建立起来，能够相互区分，对此，写作者要心中有数。快到结尾时，即写作大约进行到 10 分钟的时候，教师应当指导学生回到观察者的声音中去。

本次教学将在轮番朗读和讨论中结束。

目 的

我们究竟能从自由间接风格中获得什么呢？我认为，就是叙述的灵活性，即把远距离的敏锐观察和近距离的人物揭示结合起来的叙事可能。在这个短暂的练习中，学生把自己附着在一个敏锐的观察者身上，这个叙述者可以看见行李认领区，看到一个心烦意乱的年轻人从外面走来，其内心世界的安宁已经被某种戏剧性的外在变故所搅乱。通过建立两种独立的叙述声音，学生将首先有可能找到一种在二者之间自由转换的方法。如果有学生打算继续创作这个故事，那么通过课堂上的集体练习，她现在已经拥有了两个独立的声音，以及在二者之间自由转换的多个可行性方案。因此，她至少获得了这么一次机会，即最终成功使用了自由间接风格。

作者自介

理查德·B·索内莫泽（Richard B. Sonnenmoser）

我的中间名是巴塞尔姆，原因就在于我实在是太喜欢唐纳德·巴塞尔姆的小说了。我生活在美国密苏里州的马里维尔市，在西北密苏里州立大学教授创意写作，并在《月桂评论》杂志担任编辑。我创作小说和诗歌。我的诗歌集《科学魔法学校》曾赢得过“2010 年午夜太阳诗歌集竞赛奖”。我向大家推荐查尔斯·巴克斯特的《潜台词艺术》。如果你需要烟草种植方面的信息可以问我，但我没法帮你设计发型。如果我不告诉你，你永远不知道，在我小的时候，常常会将清晰的梦境和记忆混淆在一起。

7

蓝筹练习：

在短篇小说中挑战“现实”的单一化

引　言

早在小说写作班上，我就开始使用这一练习。通过允许学生在故事开头便推翻某些单一化的法则，本练习可将学生的写作训练集中到虚构叙事上来。它也可以用来吸引那些因为种种束缚而备受打击的学生，这些学生在别的一些课堂上所遭遇的情况是：要么是类型小说受到排斥，要么是除了现实主义文学外，其他都不被认可。

本练习的灵感来自一个并无甚关联的触动，那就是史东和尼热《深入小说》一书的修订版说明，是它让我发现原来反抗现实的故事在古典和现代作品中早已遍地都是。基于这一文学模式，我进行了一个逆向操作。这是一个很有意思的任务，无论学生的写作水平如何，但凡有创意，就会受到欣赏和鼓励。在本课程中，一些学生甚至将其开篇用到自己后续创作的长篇故事中去。

练　习

我为学生提供以下材料。你也许会问：这就是前面所说的“蓝色筹码”吗？当然，这仅仅是一个比喻。我的意思是它是一种假想货币，用以支付我们对“现实”的某种反抗。

蓝色筹码

撰写一个短篇的前五页。在这个开头中，你有一枚蓝筹可供支付，它可以允许你无视某一方面的“现实”。动用你的这枚蓝筹，去打破某个单一的物理定律或公认的科学原理。例如在卡夫卡的小说《变形记》中，一个人早上醒来，发现自己变成了一只昆虫——这绝非一种能够得到科学承认的可能性。不过要注意，变成昆虫的格雷戈尔·萨姆沙既不会悬浮在空中，也不会嘴巴喷火，因为如果是那样的话，这个故事就会变得荒唐而自负。也就是说，在超出了最初的反抗原则之后，你的故事还是应该拥护现实主义。请把你的蓝筹压在前五页的某个地方。

范　例

在给学生分配任务之前，最好是先组织大家阅读和讨论一个已经出版的作品作为模本。《变形记》在这里并不适合，它稍微长了一些。我建议使用史蒂文·米尔豪瑟的小说《飞毯》，它用在此处刚刚好；还有格雷格·赫尔贝克的《射手座》，它获得过2009年度美国最佳短篇小说奖，小说里有这样一个人物——一对夫妇生下的一个半人半马的孩子。其实只要能突破某种所谓的“现实”，任何故事都可以作为模本。

修改练习

只让学生撰写开头部分，这可能会导致一种双重性的后果。一方面，它能够完成一个速成训练，学生可以在一周或更少的时间内进行创作实践。另一方面，有些学生会发现，既然他们的故事注定将是不完整的，那么只写个开头本身就成了一种局限性，这多少让人觉得有点沮丧。而且，它还会使批评变得困难，因为在不知道故事未来走向的情况下，大家很难对一个开头的效果作出恰当评价。所以，如果时间允许的话，你最好要求学生写一个完整的故事。

在这个练习当中，我发现有些学生喜欢赋予人物以某种超能力。我感觉，有些故事还颇具说服力。例如有一篇作品讲述的是一个十几岁的男孩，他发现自己的脖子具有非同寻常的灵活性，于是就开始进行强化训练，直至他的头可以随意转动360度，但也正是因为这一特异能力，使他先是赢得了同龄人的钦佩，然后又失去了他们。

尽管这个练习限制了对超常人物的滥用，如出现狼人、吸血鬼，以及能用眼睛焚烧他人的角色，并且有助于将学生导向本练习的核心设置——情感现实主义，但它还是提醒我们要注意一点，即反抗现实原则并不非得要有超能力角色不可。实际上，在许许多多的文学范例当中，小说人物身上所发生的超自然现象常常被用于实现这样一种功能：搅乱人物自身的生活和启示人类总体的困境。

目　的

通过对奇幻/现实主义的区分，本练习可以帮助学生认识到人物可信度的重要性。一个故事即便出现了真实生活中不可能存在的人物，或者是特异人物，其实也没有什么，但是必须得让人信服。要知道，当一个物理法则被打破时，整个情境叙事的难度就会加大，这时，要真正做到令人信服更加不易。这会出现一个微妙的局面：一方面，教师要允许学生在故事开头植入自己的奇思异想；另一方面，教师又需鼓动学生去聚焦于人物的现实反应和细节的可靠性。

同样，既然某种批评的声音总是将矛头对准类型小说，尤其是奇幻作品和科幻小说，批评它们过分致力于营造虚幻世界，那么本练习也将不可避免地卷入类型小说与纯文学叙事的紧张关系中。并且，在一个短篇故事中引入某种奇幻元素，很可能会造成许多干扰，因此，这就对作者构成了一个考验，即他有没有能力去打破世界、人物和情节之间的固有平衡。

在小说的构思阶段，本练习应当鼓励学生去充分发挥想象力，而在小说的修改阶段，则希望学生能注意运用隐喻的可能，包括进行文化批判以及进行更深层次的关联。所有这些，都将有助于拓展小说的内涵。

作者自介

杰夫·P·琼斯（Jeff P. Jones）

我名字的缩写 J. P. Jones 寄托了父母对我的殷切希望：但愿有那么一天，在我接管某家大型国际银行之时，知名企业家的富豪气息会扑面而来。[1] 不用说，我的父母最终大失所望。我住在北爱达荷州，创作小说和非虚构文学。我建议你读普里西拉·朗的《作家的贴身教练》。如果你想找人品尝你新制的混合咖啡，可以找我，不过在化学实验或家电维修方面，我可就帮不上什么忙了。

① 意指 J. P. 摩根（John Pierpont Morgan），其家族掌管的摩根大通公司为全球历史最长、规模最大的金融服务集团之一，被喻为美国现代金融业“教父”。——译者注。如无特殊说明，全书同。

8

引入极简主义：闪小说与微小说

引 言

教授短篇小说创作是件颇为棘手的事情。在《短篇小说与批评语境》一书的第 19～20 页，亨德森和汉考克曾将短篇小说描述为最具颠覆性的小说形式，因为它无视传统小说的特征，常常故意叫人无法捉摸，且拒绝被轻易解读。如何在确切表达和语言留白之间寻找平衡，足以让专业作家都感到头疼，更何况不怎么熟悉短篇小说形式的学生们。我要做的就是提供以下两种练习，以帮助学生们在写作中逐步探索这些观念。学生在此过程中有机会探索极简主义的写作特征。

接下来的每个练习都将使用现代短篇小说的这类变体：闪小说和微小说。就我的理解，闪小说在长度上最多不超过1 000字，同时必须是一篇独立的作品；而微小说则更短，一篇只有 30 个字甚至更少。这两种小说形式如今已经普遍流行开来，其中部分原因可能是受益于大量闪小说网站的涌现。现在，只有极少数的文学赛事还未涉及闪小说门类，而出版商们则开始充分意识到短篇小说在移动应用中的巨大市场。

在我们的写作工作坊，短篇小说扮演了令人兴奋的角色。它是我们向学生介绍这些新的叙事形式的重要途径。同时，它也是一种重要的手段，经由它，学生们能够学习到可被用于所有小说形式的创作技巧。

微小说

概述

这个练习鼓励学生去考虑创意写作的一个重要参数——文本长度，即探讨要想讲述一个完整而有效的故事，其字数究竟可以少到什么程度。

在本练习中，尽管 30 个字的严格限制足以让学生去仔细地构思故事，进而考虑到底什么可以被写下来，但在叙事上，它仍然要求一定程度的复杂性。

练习

如果是 20 名学生一个班，那么整个练习可以在一小时之内完成。对于大学一年级学生而言，这将是一个非常好的练习。当然它也可以作为一个导论式的教学，适用于任何课程，因为它可以有效地开启课堂的“破冰之旅”。

本练习的时间安排如下：

0～30 分钟

教师为学生介绍微小说的概念，学生随即在一张纸上撰写他们的微小说。

30～60 分钟

学生互相传阅彼此的微小说。每一篇微小说都要被全体学生读过。最后，让大家选出他们最喜爱的三篇作品，当然更重要的是，让学生说出选择的理由。

目的

本练习能够促进学生对叙事技巧的讨论，特别是关于短篇小说的创作。优秀的微小说就像是出色的日本俳句，余留的种种抽象、暗示和难以捉摸的情节空间，比直接落到纸上要好得多。这种抽象化的理念与极简主义有着更为普遍的联系，同时也是创作短篇小说的一个关键技术。一篇 30 字的故事可以迫使学生抛下驾轻就熟的写作领域，继而学会抽象思考。

闪小说与“四层结构模式”

概述

在闪小说创作方面，“四层结构模式”为学生提供了一个有用的模板。具体而言，通过这一模式，学生们可以就短篇小说创作的一个关键理念——抽象化——进行实验，即让故事的大部分成为叙事留白，供读者自己去想象。这与创意写作的另一个关键技术——“呈现”，而非“讲述”—— 息息相关。不过，“四层结构模式”还可应对一种形式更极端的考验，那就是“冰山效应”。在这一模式中，大部分故事将不被说出，而是仅靠人物的行动和对话去暗示和呈现。对于闪小说而言，这也是一项极为重要的技术。

何谓“四层结构模式”

“四层结构模式”是对短篇小说形式的一个抽象化表达，即把短篇小说比拟为多层蛋糕，一层叠着一层：底部那层代表故事主题；往上一层代表人物背景和相互关系；再往上一层代表小说事件——指的是那些虽然超越小说情节之外，却又深刻影响着小说的事件；最后一层是小说的情节，换句话说就是实际描写的事件。

练习

整个练习将通过研讨班教学来完成，假定一个班有二十名学生，需要两个小时。本练习对一年级本科生尤为适用。

练习时间安排如下：

0～20 分钟

向学生介绍“四层结构模式”。

20～60 分钟

让每个学生设想一个小情节，其中涉及两个人物。然后，学生们需要勾勒出隐含于“四层结构模式”之内的另外三层的具体细节：隐含的事件，人物背景和相互关系，以及主题。

60～90 分钟

借助上述“四层结构模式”中的这三层设计，让每个学生撰写一篇完整的短篇小说，字数不得超过一千字。

90～120 分钟

让学生们相互传阅他们的作品。随后要求大家一起讨论：本练习所提供的方法在多大程度上对其叙事有所帮助，抑或相反。

目的

本练习能够促进学生去探索写作的过程，以及一篇好的闪小说对写作规划和精心准备的切实要求。本练习还为学生介绍了隐匿关键细节的创作技巧。在这个意义上，“四层结构模式”的确是一种不错的模板，通过它，学生可以在自己的作品中尝试极简主义创作理念。

作者自介

斯宾塞·乔丹（Spencer Jordan）

我的父母对我说，我名字的灵感来源于温斯顿·斯宾塞·丘吉尔，没错，而非斯宾塞·屈塞。我创作历史小说，请参见 http：//www3. uwic. ac. uk/English/education/staffprofiles/Pages/Spencer JBio. aspx。我建议大家阅读《小说写作：叙事技巧指南》一书，由珍妮特·布诺维和伊丽莎白·斯塔基-弗兰茨合作完成。不写作的时候，我喜欢深入威尔士山脉深处漫游。你可以问我关于 19 世纪英国的布里斯托尔的事，但我对 Lady Gaga 毫不了解。如果我不告诉你，你永远不会知道，我跟查尔斯二世还有点历史渊源。

9

走出孤独：小说写作中的合作机制

引 言

在写作研讨班的开始阶段，我发现学生经常沉默不语，而在他们所写的第一篇小说里，人物也统统千篇一律——独自坐在屋子里，并不加入他人当中。有时候，这种情况是由于学生对塑造多种人物缺乏信心，或者是作者本人的羞怯影响了小说创作。本练习旨在帮助学生克服自身的沉默及其笔端的局促。作为学生，他们必须在课堂上互相沟通，这样他们笔下的人物也就可以分享彼此的某些场景了。本练习非常适合于第一次训练小说写作的班级。

这个练习源自我念大学时所做的一个写作实验，它是由我和我的同学希瑟·威尔逊一起合作完成的。本练习还受到雷蒙·格诺的《风格练习》一书的影响。现在，我将自己独创的实验用在我教的班上。在教学中，学生人数如果是偶数，则方便于相互结对，当然，三个学生一组也同样可以成功完成这个练习。

练 习

让学生每两人或三人组成一个小组，最好把相互熟悉的学生拆开，因为本练习的内容之一就是让学生能和陌生成员交谈。

要求每个学生都拿出一个初步的人物大纲，这些人物将在后面的练习中互相关联。他们可以是朋友、敌人、陌生人、家人——任何形式的关系都有可能。当然这些角色也不必非得是人类。例如有一个写作小组就曾经写过一篇关于一头牛和一头猪的碰面。此次碰面发生在一家肉铺的柜台前，不过令人大跌眼镜的是，这家铺子出售的是人肉，而非牲畜肉。

学生需要设定一个场景，让其人物出现在同一个场所——工厂、社交场合、户外、室内，等等。然后设计一个初始情节，让人物彼此互动和攀谈。需要注意的是，要让每个学生备份一个场景描写的副本，原因有二：首先，他们得在家中完成整个故事；其次，在不同版本中，各个人物之间的前后对话应该保持一致，而这也是学生们在刚开始就必须遵循的。另外还会涉及：他们的人物会关注哪些事情？每个人物对正在发生的事情又有些什么样的感受？

下一阶段的写作练习会涉及在随后的一段时间内每个人物的情况。此时的故事将会有所不同——每个学生都将进行跟踪描述，即写出他们笔下的人物在独处之时，会发生什么。他们是否碰到了别的什么人？他们在执行任务吗？是要去工厂、学校或是公园吗？当然，任何事情都有可能发生。

到了第三阶段的练习中，人物将再次碰面，并进行与上一次不一样的对话——而小说中段发生的事件将会影响到他们的关键谈话。

通常情况下，第二、第三阶段的练习要在课外完成。学生们往往通过电子邮件往来，但是我鼓励他们在校园里会面，或者可能的话，也可以通过一个网络平台进行沟通——假如他们不希望向别人公开自己的联系方式的话。接下来的一周，这些小说将在班上展示和讨论。对于一个开放性的写作工作坊而言，这是强有力的结合。正是因为每篇作品都各不相同，才为学生们讨论和分析故事讲述的各种可能性提供了一个绝佳的机会。

注意事项

在练习的第一阶段，给学生留出 20～30 分钟的课堂时间。所需唯一材料就是纸和钢笔或铅笔。

不管是哪一层次的合作化写作训练，至关重要的是，不应由某一位成员决定整个小组的去向。在第一阶段，教师需来回走动，并和每组逐一讨论，为大家提供支持。本练习往往是我研讨课的第一次集体协作练习。有些时候，我发现学生需要教师去协助他们架设沟通的桥梁，并让他们相信，创作理念的部分共享其实是件安全可靠的事情。当然总有学生不大爱讲话，他们似乎更愿意跟教师交流，而不是跟同学。对这类学生而言，我就像一个思想传导装置，通过我，他们的想法继而可以被大家接收和使用。

针对那些声称实在没什么想法的学生，我会尽量突出该组成员的相似性。举例来说，曾经有个由三位男生组成的小组在练习中停滞不前，直到我指出他们是唯一一组全部留着胡须的学生，受此启发，他们立即动笔去写了一个关于胡子的故事。这个练习来源于我早期的工作坊实践，我会尽可能地维持一种轻松愉悦的写作氛围，并鼓励学生最大限度地释放自己的想象力。

目 的

本练习鼓励学生避开内省式的写作起点——在此类写作中，小说人物除了坐在一个幽暗的房间里冥想之外什么都不干——而迫使大家尽早在班上建立协作关系。在本练习的第一阶段，考虑到时间的限制，学生必须即刻开始讨论并寻找创意。这是教师专门设计的一种策略，有时限的集体合作将有助于拉近学生之间的关系。就教师而言，在各组之间走动并倾听他们的想法，将有助于了解学生的自信心、创造力及分享意愿。

本练习所取得的成果将对第一学期的研讨课产生诸多助益。首先，由于各个小说人物的故事各不相同，这就为集体讨论打开了一个更加广阔的视野；其次，只要想到之前至少有一位同学读过自己的作品，学生在将自己的作品公布在全班面前时就会信心倍增。

作者自介

詹妮弗·杨格（Jennifer Young）

我的全名叫詹妮弗·玛丽亚。“詹妮弗”来自一个尿不湿广告，至于“玛丽亚”嘛，尽管我母亲跟我父亲说这是他的中间名——马里昂的一个变体，但实际上是来源于电影《音乐之声》。我的“南哥特式写作”通常以我的家乡北卡罗来纳州为背景，而我的反乌托邦小说大多以我的第二故乡伦敦为背景。大部分周末我都在进行文字涂鸦。我向大家推荐《凌晨三点的顿悟：能让你的小说改头换面的非凡练习》，作者是布莱恩·凯特里。如果我不告诉你，你永远不会知道，我还是内陆肯特镇游艇俱乐部的成员。

10

模拟名流：进入角色深处

引　言

本练习主要基于荷兰的实际情况，在这里，直到2011年才开办了第一个真正意义上的高校创意写作课程。同荷兰所有的创意写作培训者一样，我曾经有在艺术兴趣班执教的经历。我的学生们通常被称作“课程会员”，他们来自不同的年龄层次，具有不同的教育背景。有的可能只是来听听课而已，有的则是抱着更加认真、长远的目的来的。课程需要具备轻松愉快的氛围，并且要容易接受，这不仅仅是为了那些主要把写作视为兴趣的学员，也为了那些打算在这方面继续深造的学员。因此，在确保既定的课程价值和应达到的效果之外，我常常将“有趣”作为开展教学的一个重要元素。

练　习

本练习中，学生被要求设想某位具有广泛声誉的名流，我称之为

“肖像式写作”。我们首先要在全班面前列出一些要么广受欢迎，要么臭名昭著的名流。主要选择那些当下名不副实的、被媒体宠坏了的，或者那些傲慢的、难以对付的新闻人物。这也就意味着，课堂上的绝大多数人都知道名单上的人物具体是谁，并且还可能对这些人的行径有既成的看法。

然后我让每个学生从名单中挑选一位名人，并模拟该名人的特点写一篇人物自白。在这篇自白里，该名人不得不透露一个同其平日里的公众形象或声誉不怎么相称的秘密，具体形式可以是写给粉丝的一封信，也可以是其在网站上公开发布的一个帖子，等等。写作完成后，还要留大约十分钟的时间，供每位学生把自白都大声读出来。这往往会引发一个较为轻松的讨论，通常与大家对公众人物的看法、想象有关。如果学生们在写作上具备更多的自信，我将引导大家对每篇自白的可信度和表现形式进行讨论，包括讨论每篇自白展示出来的对这些名流公共形象的挑战。

目　的

如果作为整个课程的开端部分，这应当是一个上乘的练习，尤其适用于那些在第一次课上会感到紧张和不安的初级学员。利用这样一个“轻量级”的练习，教师可以帮助学生舒缓写作神经和放松心情。此外，我之所以要开发这一练习，也是为了训练学生塑造人物的能力。至少，它可以促使学生了解，每个人物都应该有其独特的性格特征，而这些特征一旦被塑造出来，就会影响整个写作风格。

本练习还有助于鼓励那些对创意写作仍抱有犹豫不决态度的学生，因为相对将学生自己假设成一个具有滑稽性格的人，然后再来那么一段内心独白，写他人的自白还是比较容易的。不过，在鼓励学生大胆尝试的同时，本练习也为那些试图令其笔下人物过于离谱和失真的学生设定了必要的叙事边界。教师要使学生明白，让作品中的人物在说话或行动方面出人意料其实是一件很容易的事情，反之则不然。从培训者的角度来看，本练习可以助其分辨：哪些学生已经可以通过揭示人物意想不到或可耻的秘密进行创意十足的写作了，而哪些学生则仍然需要较多的指导，以助其召唤出内在的创造性才华。

作者自介

黛安娜·秦阿肥（Diana Chin-A-Fat）

据说，我的中国名字是由我高祖父的姓氏“秦”再加上我曾祖父的小名“阿肥”拼合而成的。至少，我是这么认为的。我如今住在一间护堤小屋里，在荷兰的一个小村庄，离鹿特丹很近。我主要为荷兰的一家全国性报纸撰写书评。不写东西的时候，我喜欢和我的狗一起进行长距离散步，直到我想起要对自己的最新书评做一个紧急修改为止。如果你需要荷兰创意写作领域的信息，可以问我。如果我不告诉你，你永远不会知道，我曾经是多么想成为一名芭蕾舞首席女演员。

11

创造自我宣言：
一条通向既定目标写作的有趣途径

引　言

这是一个比较温和的竞争性练习，在该练习中，学生将通过发表个人宣言来招募更多的新成员加入其虚拟的文学运动。该练习最好能在大班进行，并且最好能够持续数周。我自己的课每次持续三个小时，每次课我往往要花一半时间组织这个练习，如此总共超过四次。必须注意的是：尽量不要在刚开始上这门课时就尝试做这个练习，因为那时学生还得花点时间相互了解。值得一提的是，宣言练习大概是我在教室里所经历过的最有趣的事情了。

练　习

第一周：准备工作

教师需要准备的东西包括：

- 宣言范本；
- 适合各个小组开展工作的单独空间；
- 白板和一些笔；
- 带有下列问题的分发材料。

> 你如何描绘时下的主流文化？________________
>
> 在你看来什么是浮夸？________________
>
> 什么是自视过高？________________
>
> 什么样的想法应该受到挑战？________________
>
> 什么让你恼火？________________
>
> 你信仰什么？________________
>
> 你的创新之举是什么？________________

第一节课以简短的讨论开始：把宣言当成一种艺术形式来讨论，而将运动作为一场变革来讨论，并且可以快速讨论一下现代主义最明显、最前卫的内容。在此，所有尝试都是为了描绘出每一场运动所要打破的政治和审美假定，使学生明白接连不断的运动之间及其内部被激发出来的那些荒唐的争吵，并解释由此而来的艺术界的激进变动。

随后要向学生解释，接下来的任务将大致围绕文学运动和草拟运动宣言，在此后的三周内，这些宣言将由观众投票。现在给学生一些时间，让他们快速融入各自的小组。小组的人数不必均等，而且我发现最好不要硬性规定，而要视班级的大小而定，将小组人数控制在2～6人效果比较好。

让所有小组分散到事先分好的地方，给每个人发一本宣言精选集：未来主义、印象派、立体主义、达达主义、超现实主义以及新写实主义的宣言在网上都可以找到，运气好的话，还可以找到其原始版本，便于把它们和一些当代的宣言混排在一起。其中，我最喜欢的就是柴纳·米耶维尔的《破烂宣言》。这时教师应该流连在各个小组中间，以方便回答问题、进行点评和指导小组讨论。

最后，给每个小组发放问题册并让他们记下自己的想法。在这期间，以及在所有接下来的小组合作期间，最好不要再在小组之间转来转去，因为学生的秘密合作会更加有趣。

第二周：小组工作

仍然安排小组在原位置继续讨论，发给他们白板、笔和宣言范本。教师不必介入其中，只需要准备提供建议或者回答问题。在课间休息时，发放带有以下问题的材料。

你们小组提出该运动的着眼点在于：

你们如何从理性的角度去定义它？______________________

你们如何艺术化的展示它？______________________

你们如何说服别人接受它？______________________

每一个运动应该具有：

名称；______

政治或哲学立场；______

审美主张；______

对立面；______

若干运动原则（例如：申请会员标准、服装代码、成员必须遵守的准则、强制性规范）。______

注：上述每条都应包含在宣言当中。

第三周：小组工作

仿照第二周，在讨论开始进行时，分发问题材料。

重要演讲

这是一场竞赛，需要邀请观众加入，你们的目标是为自己的文学运动最大限度地招募到新成员。

你们将有 20 分钟的时间展示自己的宣言。

你们可能会用到宣传册、视听资料以及任何你们选择的额外手段。

在投票之前观众可能会提问。

第四周：演讲

教师需要提前做的工作包括：

- 邀请观众参与（同事、校友、客座教授，等等）；
- 准备足量蛋糕、甜点；
- 准备一顶帽子和若干纸条。

首先，让每个运动的小组成员在纸条上写下他们的运动名称，之后从帽子里抽签以决定演讲顺序。分发蛋糕、甜点，然后坐回座位享受学生的演讲。每段演讲结束，都要留出一些时间让观众提问。

利用纸条和帽子，投票以无记名方式进行。如果有学生没有参加任何一个运动，那他在现场必须给自己愿意加入的运动投票。受邀而来的观众也要为那个在他们看来最出其不意或最有说服力的运动投上一票。接着清点票数，宣布结果，为胜者喝彩，吃完所有的蛋糕、甜点。

目的

设计这样一种练习，我心中只想到一个目的：那就是为我的课堂引入更多有趣的团队合作。撰写宣言时，我班上的学生可谓经历了从诚心诚意到讽刺挖苦再到彻底狂热的心路历程。最终，他们的演讲大都呈现为一种富有创见的、精彩绝伦的颠覆活动。他们的宣言着实令人惊奇，而在演讲者的慷慨陈词之后，往往还会伴有一阵充满活力的争论。往届的学生在后续设计并出版了他们的小册子，而且在新的写作宣言练习中被邀请去展示他们的宣言。

对于这样的体验，学生们的反馈也总是积极热烈的，而且我发现这可能是团队合作气氛达到高潮的真正转折点。借此，学生们的自信心增强了，也更加愿意敞开自己，包括去辩论。在课程后期，通过邀请学生重新回归当初那种讨论具体问题的角色状态，我还会将这种宣言练习用作开启其他教学主题的一个有效途径。

另外，我所观察到的最最让人满意的附加效果就是学生自我反思方式的改变。通过本练习，自省文章会变得更加可读，目的也更加明确。因为学生不仅关心自己的作品是什么，而且关心自己的作品拥护什么。

作者自介

山姆·凯利

我的全名叫萨曼莎·路易斯。我母亲是受《家有仙妻》的启发给我起了这个名字，而我父亲却相信我会是一个男孩，因此有一段时间一直叫我加文。我很少写作，我的职业是通过训练开发他人的创造性思维。我向大家推荐詹姆斯·伍德的《小说原理》。如果你想要了解文学经济人到底是做什么的，或者想知道德里达将如何改变你的生活，可以问我。但我可没法帮你从高空货架上取东西。如果我不告诉你，你永远不会知道，我能在 20 分钟内为一只野鸡去皮和清理内脏。

12

纸上瑜伽：进入写作

引　言

我发现瑜伽和写作能在一起有效合作，因为它们内在相同。二者都能使我们延伸自我，增加灵活性，并且鼓励我们更加深入地了解自己的内心。人们很容易忽略，其实写作也是一桩体力活。我喜欢把写作想象成这样一个过程：始于心，达于脑，顺着胳膊往下，最终抵达双手。瑜伽也不是只要将身体弯得像一个双圈饼干就可以了，而是要你去呼吸、敞开胸怀和冥想。因此，瑜伽和写作都是身体、心灵和精神的契合。

下述部分练习需在椅子上完成，而且在教室里会更容易实现。这些练习的目的在于使身心放松，从而使学生慢慢地进入创意写作中去，并且让他们领悟可以自己进行实践的技巧。

进入瑜伽练习

上课伊始，让班级成员把他们的手放在胸前，闭上眼睛，诵念咒语“唵”三遍，并解释这个咒语被认为是宇宙之音、万物之语。这会使每个人感觉到一种心灵感应穿过全身，从声音上将大家聚集在一起。

然后放慢指令，保证每一阶段有足够的时间，让学生做如下事情：

1. 揉搓双手使其发热，用手托住头部，感受我们一整天都在承受的重量。

2. 像说“是”那样把头上下点 3 次，然后再像说“不”那样把头左右摇 3 次。

3. 头部朝顺时针方向转动 1 周，做 3 次，再朝逆时针方向转 3 次。

4. 按摩颈部，驱散酸痛。之后，转动手腕，顺、逆时针各做 3 次。

5. 保持坐姿，双手紧扣置于背后。吸气，同时身体弯向双膝；然后呼气，同时直起身体。这样连续做 8 次。

6. 挺直上身而坐，将左手放在右膝上，右手放在腰背部。吸气，将上身向右转。头右转，看向右肩前方，做几次吸气、呼气动作。再以同样的方式朝反方向做。

7. 揉搓脸部，双臂向上，使肩膀尽量靠近耳朵，紧握拳头。深吸一口气，呼气时像狮子一样咆哮出来。如此反复做 3 次。

开始写作练习

上面的狮吼练习可能会引发一些笑声，这会增加由伸展运动激发出来的轻松感，因此这时开始写作正是时候。凯瑟林·亚当斯在其《日记之道：一本日记康复治疗手册》第18～20页中提到一种“五分钟冲刺”理论，受此启发，我采用了上述这个使学生通过感受身体而进入写作的练习。我鼓励学生一刻不停地快速写作，以避免瞻前顾后。

让学生闭上眼睛，深呼吸三次，建议他们开始感受这个空间的舒适性以及自己体内的惬意。使用这样的提示语——“你觉得怎么样?”来鼓励他们不假思索、自然而然地进行写作。告诉学生他们只有五分钟的写作时间，在还剩一分钟时给他们提示。鼓励学生分享他们的写作成果或写作过程，不过在本练习的氛围当中，这种分享最好随意一些。

呼吸练习

呼吸象征着我们的生命力，同时也是我们身体内部节律的标志。在做瑜伽的过程中，当所有的动作都按照呼吸的节奏去做时，我们能感觉到一种生命的流淌。同样，在写作中我们也会产生这种感觉。一般来说，我们只有在紧张或是感冒时才会留意自己的呼吸。以下练习旨在提高对呼吸的感受。

让学生闭上眼睛，将双手置于双腿上，然后深呼吸三次。建议他们将自己身体想象成一个铅笔画的轮廓，然后用呼吸去充盈这个轮廓。

当学生依然闭着眼睛时，指导他们以舒适的节奏呼吸，同时将双手置于腹部感受身体这一部位的呼吸。之后，让他们把手移动到肾脏、肋骨和胸口处，从而感受呼吸在体内的运行。

让学生继续保持闭紧双眼，吸气、呼气数次。之后，让学生跟随你数1、2的节奏中吸气和屏气。当他们呼气时，通过数1、2、3、4，让他们延长呼气时间。这样重复做三次。

随后让学生站起来，抖动双手、胳膊、双脚和腿。

写作练习的主体部分

当我们意识到自己的呼吸时，我们就会意识到我们身体的存在。因此，这是能使学生用深刻的身体感受储存记忆的极好时机。

让学生闭上眼睛，深呼吸三次。以引导性的冥想方式带他们进入一种深刻的感官记忆，见亚当斯的《自我日志》，第94～101页练习。其中可以包括：想象正在翻阅相册或是穿过一条专门打造的人物画廊，或者利用亚当斯的办法，想象其记忆中的某部电影的画面。这个练习的目的在于：要让学生的回忆之舟有时间自由飘荡，直至某个记忆从中跳脱出来。鼓励学生动用看、听、触、嗅、尝全部五种感官去获取记忆的感性力量。给学生7～10分钟的写作时间，然后邀请他们朗读自己的作品，或者描述自己在这一阶段的书写体验。

静默冥想

最后，用几分钟的静默冥想结束本次写作课，在此期间，要求学生检查各自的姿势，留心自己的呼吸，并且观察自己是否心神宁静。现在，是时候去看看人究竟有没有可能将意识从思想变为现实了。

鼓励学生开展各种评论，提出各种问题，重复开始时念的咒语“唵”三次，结束整个练习。

结 论

通过瑜伽和写作练习的两相结合，学生在身体得以放松的同时，思想也得到了放松。而在这种安全、开放的状态中，人的创造力会很活跃，写作也能自由流淌。

作者自介

贝弗莉·弗里德曼（Beverly Frydman）

贝弗莉之所以会成为我的名字，是因为曾经有一个叫贝弗莉的女孩对我母亲非常友善，那时她才 8 岁，刚移民到美国。我写日记用的是一种有着大理石般黑白相间条纹的笔记本，从超市买的。不写作的时候，我喜欢做瑜伽。我向大家推荐唐纳·法尔希的《将瑜伽融入生命》。如果你想了解有关冰激凌方面的信息，可以问我，但是在恐怖电影方面我没法帮你。如果我不告诉你，你永远不会知道，我曾养过一只臭鼬当宠物。

13

雄辩术：赞成或反对某种主张

引 言

为一个问题的不同方面展开辩论的运动可以追溯到古希腊时期，也可以追溯到罗马帝国早期的修辞学校。罗马人惯于“论辩”——面对某桩十分棘手的案件，为这一方或那一方提供辩护理由；罗马人也惯于“劝导”——为某桩行为提供支持和反对的理由。在文艺复兴时期，雄辩术作为一种教育运动成功复兴。例如伊丽莎白一世就通过练习雄辩术而提高了她的修辞能力，莎士比亚也是如此。这种训练的巨大影响从《凯撒大帝》之类的戏剧中就可见一斑。

作为一种写作训练，雄辩术练习可以在各种不同水平和不同年龄段的人中展开。它能锻炼学生灵活思考的能力，并使他们强劲有力、清晰明了和简明扼要地进行辩论。这对很多领域的工作，如新闻、法律、行政部门还有商业界来说都是一种极好的、实用的训练，学生们也很喜欢用它来解决现实的紧急事件。对于那些将创意写作看作潜在职业的人来说，这也是一个相当不错的训练，因为它能拓展一个人专业之外的能力：收集资料，从自己的观点对立面出发，写出具有辩论性的、充满活力的文字的能力。

练 习

给学生一个辩题，这个辩题要能够用“是”或者“不”来回答。例如，我以前在班上用过这样一些题目：“每一个公民都必须被强制持有国民身份证”；“婚姻应该受到国家鼓励”；“如果沉迷于不可持续的能源消耗，西方世界将无法阻止灾难性的气候变化”；“当前英国的普选投票制度是一套行之有效的民主代议制度，因此不应该被改变”。

在这个练习中，先写一篇800字的文章去支持某个命题，然后再用800字去反对它。要提示学生，这不是一个虚拟性的口头演讲，而是一项现实的写作任务。因此，学生最好不要去玩什么角色扮演游戏（比如为了支持国家对婚姻的鼓励，就把自己当成一个重生的基督徒；而为了反对这一观点，则又把自己说成是一个饱受过婚姻之苦的离异者）。学生也不应该通过自我判断孰优孰劣去撰写什么引言或结论，或者去陈述自己在现实生活中的观点，而是应该尽可能直接地摆出对正反双方最具说服力的论证。要让教师在读了这些文章之后，看不出学生本人实际偏爱哪个观点。换句话说，就一般的读者而言，他应该既会被支持方的论证所收买，也会对反对方的论证心悦诚服。

要鼓励学生通过互联网或是其他资源进行一些调查性研究，以便收集到较为全面的证据——数据或是其他方面的，并且尽可能罗列出每一方的论据。我要求所有的信息都要注明来源，这样方便检查。在学生开始写辩论稿之前，要告诉他们，任何关于这些辩题的先入之见都不重要，所有论辩都没有对错之分。比如说，两个不同的学生，他们或许对是否应该强制持有国民身份证问题各执一词，所使用的论证方法也全然不同，但却可以同样引人注目。我鼓励学生一段一段地严密设计他们的论证策略以及组织结构，并且仔细详尽地检查措辞，直到他们觉得已经到了自己所能达到的、最能令人信服的程度为止。我也会鼓励学生试着跟朋友或同学口述他们的不同论证，从而尽力去想象不同听众的反应。

对于那些年纪较小或是能力不足的学生，可以先为他们推荐一篇范文，例如某位领袖的某篇演讲，让学生在尝试自己写作之前，先对这篇文章进行一番分析。

目 的

有很多条理由可以表明雄辩术写作是一个非常有用的练习，它让写作者依次穿梭于同一个问题的正反两面。为了成功地完成任务，每位学生都要参与调查研究，并且要暂时摒弃一己之见，进而先为其中一方提出客观的、强有力的、明晰的和打动人心的论据，然后再为另一方提出类似的论据。这项任务也会使学生的精炼表达能力得以提高，并且使他们能够事先考虑到文章结构以及读者反应。为了让自己所写的文章具有最好的修辞效果，学生懂得了编辑工作：校订每一个单独的句子，从而使其论辩最大限度地强劲有力。

我一般会要求学生用三周的时间来完成这一相对紧凑的工作（尽管它在更短的时间内就可以完成）。经过此训练，学生编辑自己作品的能力通常也会变得更加专业。

一般来说，本练习也能强化学生对文章修辞水平的了解，并使他们认识到，漫无目标的闲扯以及毫无重点的句子是怎样削弱文章力量的，而结构紧凑、目的明确、火力集中的写作又是如何强化文章的。学生们还常常反馈说，由于学会了用一种不一样的眼光去看报纸，他们对报纸上的文章观点和作者的修辞策略变得高度关注，这也算是本练习的一个附加作用吧。

从某种程度上说，所有的写作都是一种说服和劝导，都力求让读者继续阅读下去。雄辩术练习可以帮助学生在新闻写作方面尝试使用“说服”工具，但是在其他学术性或创造性的写作当中，应该承认此练习能起到的作用很小。

作者自介

莎拉·洛奇（Sara Lodge）

我的全名叫莎拉·J·洛奇——J 就是 Jane，这也是我祖母的名字。我既写非虚构类文学作品，也写小说、纪实文学和政治演说——但我写作的前提是我自己能够被打动。我向大家推荐威廉·斯特伦克和 E. B. 怀特合著的《风格的要素》。不写作的时候，我喜欢绘画。如果你想了解有关如何撰写演讲稿，以及有关葡萄酒或者 19 世纪文学方面的信息，可以问我，但是在运动、啮齿类动物或者纳税报表方面，我却没法帮你。如果我不告诉你，你永远不会知道，我还担任了加勒比海和南美洲国家的选举监察官一职。

14

巧借婚庆用品店的创意：获取灵感的捷径

引　言

在大多数的课堂问答环节，当有学生问“你的创意从哪里来”时，我常常希望自己可以说：“是从大街上的一个小店里取来的，那儿有位老婆婆把创意放在了柜台上!”然而不幸的是，这显然是不可能的。恰恰相反，我会告诉我的学生，身为作家，其创意都从他自己身上来。一个作家既要开掘自己的潜意识深处，也要开发其应有的职业敏锐性，还要耐得住寂寞，也就是说要将艰苦劳作与虚心求教相结合。对于那些满面愁容的学生来说，这好歹也算是一条出路，尤其是当他们还有作业要如期上交的时候。有鉴于此，我把下面的捷径介绍给大家。

练 习

为了推动课堂讨论，我给学生提供了以下材料。接下来，我会让学生以每天一个作品开头的速度去写作，并借此为下一次课做准备。我鼓励他们要享受其中的乐趣：勇敢一些，甚至出格一些都行。

随后一周，他们要把自己写好的七个开头都带到课堂上来。这些句子会被随机分发，如此一来，学生在这个阶段就能用别人的开头来作为自己写作的一个推进器。

在分发的材料中还包含其他练习，它们可以作为后续资源。无论是课堂教学还是网络教学，这两种练习中的任何一个都非常适用。

旧物件

仔细检查你的练习簿、笔记本以及习作，看看是否有一些东西能吸引你。有没有什么可以改进的？也许是随手写的，也许是思路图，等等。有没有能让你兴奋起来的？

新物件

养成每天记笔记/写日志的习惯。看着表对自己说："15 分钟之内，我一定可以写出任何想写的东西。"然后开始写作，直至时间用完为止。顺着第一个想法写。

从书中或是网上或其他地方寻找提示性语言。使用照片，从美术馆收集明信片。自由写作 20 分钟，然后看看有没有需要改进的地方？

带着你的笔记本到外面去，找个咖啡厅或是美术馆坐下来。不停地写。留心任何吸引你的东西（比如一些谈话的片段），任何事情。对于每件事情：简短的人物描述，怎么描述？描述什么？他们有着怎样的故事？他们会去哪里？去干什么？要是……会怎样？要是……又会怎样？要是……那又会怎样？

写一个开头……

阅读某些经典小说的开篇，赏析这些作家的作品。接下来，买一个小笔记本，在这个笔记本上，你可以随意地去写你的开头。每天写一个，坚持一个月。一个月之后，你就有30种备用开头了。唯一的要求就是要找到出色的那个。

你可以将这些开头封存在笔记本里，也可以继续改进。试着选5个开头，并把它们继续写下去，每一篇再写100字。之后，决定哪一个在你看来是能够“跑得远”的，把它写成一个完整的故事。其余的可以留着以后用。任何时候，只要你愿意，就继续去写开头。要知道，这可是在为你自己独有的创意店铺囤积货物呢！

借来之物

收集一些短篇小说，并从中随机选一个，在一张白纸上把这个小说的开头抄写下来。现在，就把它当做一篇自由写作的开头，在20分钟内写完这篇文章。最后，删掉这个借来的开头，你不能用它，因为那是抄袭。接着，以一种批判性眼光去审视你的作品。这个故事足够有料吗？开头如何？有持续动力吗？同样，在诗歌写作上也可以这么做。

只借取别人的开头。这些开头蕴含着一个故事或一首诗的精华。因为开头是作者经过反复琢磨、完善之后才确定下来的，它能为你进入自己的写作提供一个非常好的跳板。

敏感之躯

要注意写作姿势的生理特征！千万不要忘记腰部。一个诗人需要把头脑、心灵和腰部都用上。很多初涉写作的人总是忘记（或没有意识到）腰部。有些人可能过于倚仗头脑，因此写出的文章过于崇高，喜欢争论，或者太过理性。还有些人也许过于倚仗心灵，以致写出的文章情感泛滥、过于夸张。

我们经常需要动用的却是腰部。腰部就是人的感官世界。腰部是实实在在的，是关乎本能的，所有具体的感觉皆汇聚于此。它是类比与隐喻的关键所在，举例来说，这个看起来怎么样？听起来怎么样？闻起来怎么样？尝起来怎么样？它使我想起了什么？

腰部有可能也有可能不包括性、血腥或暴力的场面。不要无病呻吟。略微提及并保持平衡是必要的，但对于任何故事而言，这确实是一抹生活调味品。因此，仔细检阅你的自由写作成品，比如开头或者创意的进展，想一想你能把这剂调味品加到作品的什么地方。

目 的

这个练习的主要目的是让学生相信，最好的灵感其实源于他们自己——自己的想象，自己的潜意识，还有自己的实际行动。从一个教师的角度来看，这是一条启动创意写作的捷径，它还可以提醒学生，写作应该而且能够是一件有趣的事情。

作者自介

罗兹玛丽·堂（Rosemary Dun）

我的姓氏是一个凯尔特词的苏格兰拼法。我一直都在不停地告诉别人，Dun只有一个“n”。有一次，我们当地银行的一名收银员问我：“只有一个‘n’？你确定?”我创作当代女性小说、短篇小说和诗歌。我向大家推荐海伦·康纳和李·威德利合著的《在文坛和出版界扔一枚重磅炸弹》。不写作的时候，我在“卡巴莱大嘴秀”做搭档主持。如果你想了解有关《神探科伦坡》的信息，可以问我，但在电脑程序运行原理方面，我帮不了你什么。如果我不告诉你，你永远不会知道，我曾经养过一只寒鸦当宠物。

15

在作品中重视地点描写

引言

对于故事写作而言，地点描写是一种是强大而有力的手段。从故事构思之初到终了，在文本生成的任何一个节点上，地点描写都可以得到相应拓展。正如同人物描写一样，地点描写也是小说创作的一个重要方面，无论作者本人有着怎样的创作经历，其作品中的多数人物往往都会与“地点”发生某种深刻的关联——通过其亲身经历和阅读。这么一来，尽管我是针对最一般的创作水平而设定教学大纲的，但下面这些练习却可以而且能够被用以训练不同层次的写作者——从初涉创作的大一学生到富有经验的研究生。如果学生能够提前熟悉分发材料的话，本练习大概需要两个小时。在这个过程中，我将传记文学、小说团队创作、小组或全班讨论以及文本细读整合在了一起。

所需材料

1. 不同小说中形成鲜明对比的地点描写材料：如柯南·道尔的《巴斯克威尔的猎犬》中的巴斯克威尔庄园，卡波特的《蒂凡尼的早餐》中郝利·戈莱特利的公寓。

2. 同一部小说中形成鲜明对比的地点描写材料：如夏洛蒂·勃朗特的《简·爱》中的洛伍德寄宿学校和桑菲尔德庄园。

3. 当地比较有艺术氛围的场所的名录。

练　习

找到一个属于你的地点

练习一开始，教师自己要先描述一个曾经有过独特情感经历的地方：如在那里听到过不好的消息，或者在那里找到了内心的安宁。其中的描述性元素应该既能表现情感，也同事件相关——天气、颜色、用语以及背景活动，等等——但情感和事件不应该被直接表露出来。随后，让学生为他们即将开展的类似活动选择自己的地点，而在此之前，先请学生对所有这些作一番设想。

要求学生创作一篇描写该地点的书面文字。让学生像一个被动的观察者那样去描写这个地方，并且通过对文字的斟酌，而非讲故事或抒情的方式，来传递情感和事件。

写作完成后，每3～4人一组，让学生在小组中轮流读出自己的作品。每个学生读完之后，小组的其他成员要对其中表现的情感甚至事件作出猜想。

小说中的地点是个人化的之一

让全班学生就其刚刚听到的、在传达情感方面最有力的描写发表意见，可以从各个方面。教师本人（或指派一名学生）将这些意见写到黑板的一边。

随后，让学生说出一些众所周知的小说里的地点：如霍格沃茨、呼啸山庄和马康多。老师（或学生）把这些写到黑板的另一边。

接着让学生讨论：写在第一列的这些意见在第二列的地点描写里面是否得到了有效印证？还有没有别的方面的意见可以加上去？

小说中的地点是个人化的之二

如前分组，每个小组要利用他们从刚才课上获得的知识去分析手里的两份材料，并进行以下讨论：

1. 作者选择了什么作为描写重点，为什么？
2. 人物和地点有何种关系？
3. 这个描写在故事中透露或暗示了什么？
4. 你自己更倾向于哪一种描写，为什么？

每个小组派一名代表向全班反馈他们的讨论结果，教师从中提取有趣的和存在争议的点供全班讨论。如果需要的话，此处可以稍事休息。

同一小说里的两个不同地点

请学生指出同一本书中形成鲜明对比的地点，如夏尔和魔多，呼啸山庄和画眉山庄。教师把这些写到黑板上。

接着，让学生根据情节、主题和情感来对两个地点的功能进行对比讨论。每3～4人一组，分析手头的第二组复印材料，思考作者是如何对比这些地点的，这些对比产生了什么作用。每个小组派代表向全班同学反馈他们的讨论结果。

接下来，让学生每两人一组进行练习。首先，从第三份材料中的地点列表里选出两个形成鲜明对比的地点，然后开始写一个最终要展示给全班的故事——必须用上这两个地点。在课堂上，是让学生完成整个故事，还是只写出故事纲要，可根据时间而定。这个故事应该主要是讲一个人从一个地方去参观另一个地方，但是出于某种原因又改变了方向。要求学生努力涵盖本课所学到的全部知识——主题发展、人物描写，等等。

最后，学生要向其他小组的成员展示自己的作品——如果时间允许，还可以让大家进行反馈，或者也可以让学生将此任务作为一项家庭作业来完成。

目　的

除了获取和更新同地点描写直接相关的写作技巧，本练习还可以帮助学生通过谨慎而微妙的细节描写来表露情感和传递信息，以及深化主题。这项综合技能可被用在创意写作的许多领域，与之相应地，本课程也可被用以重新执行某些贯穿于整个课程模块的教学目标。

另外，对于更高水平的学生而言，这些练习还可以让他们使用某些批判性思维的工具展开讨论，如生态批评和文化地理学。通过深入理解地点对人物所发挥的影响，本练习也支持了那种认为地点描写足以推动情节发展而非只是作为背景的文学理念。

作者自介

安迪·撒切尔（Andy Thatcher）

我的名字叫安迪·撒切尔。由于我曾是一个多疑的孩子，因此有个绰号叫阿基·布阿，这是以乌干达的一名跨栏选手的名字命名的。我推荐大家阅读保罗·道森的《创意写作与新人文主义》。如果你想了解萨满教或安迪·沃霍尔，可以问我，但在熨烫或团体运动方面我帮不上什么忙。如果我不告诉你，你永远不会知道，我的曾祖父是HMS路西塔尼亚号邮轮的总务长，在被德国的潜水艇用鱼雷袭击后，他老人家就和他的船一同沉没了。

16

适合胆小者的格律诗

引　言

描述某种已知文学样式的特征是很容易的，而教师最常遇到的挑战在于：要使学生相信其内在的价值。因此，下面介绍的并非死板的写作过程，而是说明修辞形式是如何对内容发挥作用的。

练习一：四行诗

我发现有一种方法可以很好地吸引学生，即从四行诗练习开始。这种马来体（Malayan form）诗歌形式自19世纪在欧洲昙花一现之后，如今沦落成只是偶尔被拿来实验一下的古董。然而，它的创作形式却很适合团队协作练习。这种四行诗以ABAB韵完成，每一节第二行和第四行的诗句会作为下一节第一行和第三行的诗句，而全诗最后一节的构成是这样的：第二行乃是第一节的第三行，最后一行乃是全诗的第一行。无论多大规模的团队，学生都可以用一种首尾相续的方式去集体创作此类诗歌，这会是一件非常有趣的事情。先让一个学生写出诗歌的头一行，然后让其他学生接着往下联句，当诗歌的首节完成以后，刚刚提到的嵌套重复的机制就会推动它不断向前。与此同时，还有一个很大的便利就是，四行诗的长度没有限制，因此大家可以根据课堂的实际情况对其进行适时调整。

然而，以这种形式组成的作品难免会有多余成分。不过就这个形式本身而言，它还是可以让人意识到其有价值的部分的。因为且不论内容如何，诗句之间嵌套重复的手法以及结尾时的首尾呼应，无疑会对读者造成显著影响。它所提供的明确的终结感，甚至会激发读者去赋予诗歌某种它本身可能并未表达出来的涵义。此外，跟嵌套重复手法相对应的是，四行诗的每一节诗本身又具有一种自我闭合性，与全诗的推进背道而驰；因而，不论诗歌的主题多么轻松愉快，每个诗节却总是有约束感，这种约束感会引发一种显而易见的紧张——在内容和形式上的松弛和威胁之间。

练习二：十四行诗

一旦四行诗这一诗歌形式的正面价值——可为读者创造新的意义——得以确认，并且学生自己也获得了对四行诗的潜能做进一步探索的机会，那么十四行诗——集自身传统和通用的独特性于一身——就非常适合下一步的练习。从表面看来，十四行诗应该不那么难，毕竟，它的基本规则是十分清楚的。

顾名思义，一首十四行诗只有十四行诗句，它通常的结构是抑扬格五音步（或者其中略有变化）。从传统上讲，它遵循如下三种押韵方式中的一种：

彼特拉克式（Petrarchan）：ABBA ABBA CDECDE——后六行的

韵脚可能有所变化；莎士比亚式（Shakespearean）：ABAB CDCD EFEF GG；斯宾塞式（Spenserean）：ABAB BCBC CDCD EE。

如果学生希望就此进行详细探究的话，可以给他们提供一个韵脚列表，并让他们为空白诗行填词，这将引发关于节律和韵脚多样性的有益讨论。

不过，遍览从文艺复兴到现在的十四行诗——唐·帕特森的《101首十四行诗》是一本相当不错的诗集，它的引言部分也是准十四行诗人应该去读的——很明显，许多十四行诗的节律、韵脚，甚至长度都可能是随机行事的。因此，一旦这种近乎无限的灵活性被认可，就可以避免陷入这样的困境：即为了满足刻板的、四平八稳的抑扬格要求而填充多余的词句，或是为了刚好符合那烦人的押韵而扭曲自然的语法。相反，它能够使学生将诗歌的内容作为创作过程的核心，进而将十四行诗看做一种可以推进某个论点的文学形式。这是因为，与四行诗那步履蹒跚的嵌套性重复相反，十四行诗很久以来就被确立为一种能明确表达某些简单论点的理想形式。

同时，有观点认为英国十四行诗巧妙地融入了四行诗当中，这种变体四行诗既能确立一个论点，又能展示对偶，并且在一种六行诗体当中，它们还合为一体。同其他任何我们可能应用于形式的经验法则一样，这种六行诗也饱受争议，然而，作为一条接近十四行诗的途径，它在启发论证结构方面却是卓有成效的。

为了让这部分的练习容易被初学者掌握，我发现，能够引导学生毫无压力且顺利通过整个教学过程的方法就是把它分解为一个个对句练习。首先，学生要设想一个亟待解决的问题，它既可以是一个与爱情、生命和死亡相关的，令数个世纪以来众多诗人困惑不已的大问题，也可以仅仅是一个在阴冷的雨天清晨考虑是否要按时起床的小问题。然后，让学生针对下面的每一个提示分别写两行诗，写的时候无须在意长度或押韵的问题。

描述困境。这在某种程度上最有可能涉及“怎么做”和“为什么”的问题。____________________

如果他们做出一种决定，可能会发生什么？__________

如果他们反其道而行之，会发生什么？__________

如果他们什么也不做，会发生什么？__________

仔细考虑这些选择，哪一种会是他们的最佳选择？为什么？

最终的益处会是什么？________________

具体而言或概括地说，通过仔细思考这些问题，他们获得了什么？____________________

在这个练习阶段，哪怕是最笨拙的回答也能揭示出十四行诗的好处：它为我们提供了一个看待问题的透视镜；它鼓励我们关注要点并恰到好处地权衡利弊；它还具有一个内在的但无法被确切描述的恰当性，即把六行诗开头所使用的那个“转折”作为一个点，诗歌从这个点开始走向结论。

目 的

接下来，学生可以就词汇、意象进行思考，进而修改自己写的东西。当然，如果他们乐意的话，也可以考虑如何更加规范地押韵。然而在很多方面，重要的工作已经完成了，而那些常常被学生视为限制性的形式，也已经被证明是一种完美的工具，经由它们，每个学生可以用自己独特的声音去探索私人的问题和（或）人类普遍的问题。

作者自介

保罗·哈德威克（Paul Hardwick）

20世纪70年代的电视节目《权杖王牌》里面有一只猫头鹰叫奥西曼达斯（Ozymandias），因为这个，大多数人叫我奥兹（Oz），这也是我在诗歌、音乐、摄影和新闻写作当中所用的名字。我在位于英国北部的利兹三一学院负责“英语与写作项目”。我向大家推荐马克·斯特兰德和伊文·伯兰合著的《一首诗的诞生》。不写作的时候，我喜欢摆弄不插电吉他。每当谈及英国中世纪的木雕或是理查德·布劳提根的时候，我总是会很开心，但我对电脑和缩略词记忆知之甚少。如果我不告诉你，你永远不会知道，我曾在格拉斯顿伯里音乐节上演出过。

17

风格模仿：词类和句法的创造性使用

引 言

对于学生而言，语法可能是一个令人提不起精神的话题，其实对于教师也是如此。很多学生对术语感到畏惧和困惑，而教师也害怕无休无止地沉浸在语言术语的运用之中。但要说到创作出色的作品，对语言选择的深度把握却能起到巨大作用。

多萝西娅·布兰德在其《成为作家》一书第十章中提出了“关于模仿”的建议，本练习就是从那里衍生而来的。布兰德推荐了一种为某位作家的风格“精密绘图”的方法来为自己的写作注入新的生命。一开始，学生也许认为，这种单调乏味的模仿与创造力是相悖的。但最终他们会发现，借鉴另一位作家的语言结构会对自己的写作产生令人惊叹的效果——有时候，自己写得甚至比原文还要好！

练 习

在开始时，先鼓励学生从一位他们所欣赏的作家那里选一段文字。最好是以比较新的作品作为开始——因为如果直接从查尔斯·狄更斯或简·奥斯汀入手，将会是一个极大的挑战。尽管与当代作品相比，他们的作品更富有启发性。另外，最好选散文而不是诗歌，但并不一定非得是小说。

分析

第一步是确定范文中所使用的词类。用不同颜色把每一种词类标示出来，这是非常有用的。这样，当工作结束的时候，你就可以得到一张足以展示范文独特风格的彩色示意图了。在教学过程当中，最关键的问题在于：要帮助学生从语言运用的特征识别转入到这些运用对读者或观众所产生的作用的探究上来。等到一种能够呈现风格特征的指纹图谱浮出水面，学生就可以将该风格与作品的体裁以及作者对读者的设想联系起来进行讨论。你可能会发现，对于任何文本，按照下面的三段文字制作出三个不同的示意图都是非常容易的：

首先是冠词和限定词的使用，在文本氛围或读者期待方面，它们是如何形成作品的整体感觉的？概括地说，这段文章里的名词以具体的为主，还是以抽象的为主，或是二者兼而有之？有无修饰性名词词组？作者是如何组织这些词语的——例如，形容词起到了什么作用？名词词组是如何促进整体节奏的？

然后是动词，需要关注时态和人称、主语和宾语、及物与不及物、主动和被动。针对上述方面，副词是如何影响文本节奏和读者在这一场景中的体验的？

最后是标点和句子结构。在一段动作描写中，也许句子非常短，有些还可能是省略句。一个从句被另一段叙述通过连字符、括号或逗号打断，这或许有助于传达某种特定的态度或人物的心理。如果用不同长度的句子和标点符号，如何传达同样的信息？

在整个分析过程中，要不断提醒学生将注意力放在词语的功能上，而非关注它的类型。“deep”是我们非常熟悉的一个形容词，因此学生在看见它出现在“the briny deep”（大海）这个词组中时也许会感到疑惑。要继续追问：这个词在这个句子中的作用是什么？它承载着什么样的信息？

模仿

这部分的练习可以渐近地进行，将它作为巩固前面练习所涉及的各个方面的途径。在这一环节，学生将从创造性的角度出发，去解决前面分析中所提到的问题。最后，整个模仿练习作为一个完整的活动自成一体。如果需要的话，还可引入工作坊式教学模式。

这里有两种选择：戏仿和混搭式模仿。戏仿很简单，因为学生不会因为复制相同的主题而分心。他们可以选择一个与原作不同的、没有任何关系的题目，从而以所选作家的风格来写这篇文章。例如我有一个学生曾选过 H. P. 洛夫克拉福特的一段文字，以戏仿的方式描写了一个不得不在深更半夜没完没了地换尿布的经历；或者也可以以动作惊悚小说里的那种短小句子描述普通生活的情景，如在超市结账。但如果是混搭式模仿，学生就要选择更加适合原作者之语言风格的主题。

时间安排和相关资源

整个过程——包括研讨班教学在内——可以分成四次课进行，每次课两小时。但如果你的教学目标是强化学生对语言使用之特定功能的理解——像形容词或副词一类的，或者是提高学生在写作某些特定文体方面的能力——如动作惊悚小说、科幻小说以及别的文学场景设置，那么前面“分析”练习三个阶段的任一阶段都可以被纳入课程当中。

戴维·克里斯特尔所著的《语法入门》和《重新发现语法》是很好的参考书，渥太华大学的“超级语法项目”和普杜大学“在线写作实验室”的语法部分也同样不错。然而，这一领域的大部分资料都着眼细节，因此不能直接为写作服务。在选择以及处理关于词类的方面时，学生也需要一定的指导，否则他们很有可能会陷入专业术语的泥淖之中。

目 的

创意写作班上通常既有语言水平比较高的学生，也有一些对语法略知一二甚至从未系统学过语法的学生。前者能轻松跨越专业术语障碍，进而从作家的语言选择和读者阅读体验中获益；后者则需要树立自信，进而充分运用自己直观的语法知识。

不管对学生还是教师而言，本练习中的“分析”阶段都值得花大力气。另外对文本范例的戏仿可能是振奋人心、诙谐有趣的；混搭式模仿所产生的作品可能是无比绝妙、令人惊讶的。

一篇优秀的作品，其风格和内容是如何紧密结合在一起的？对于这个问题，学生可以做出重大发现。在有些情况下，仅以句子的样态就可以起到传递信息的功能。而有些时候，一位作者想要闯入另一位作者的风格，并借用其句子形态来达到另外的目的则又是十分困难的。此外，研究作品需要经过怎样的加工才能恰如其分地表达作者想要表达的东西，而不节外生枝，也同样具有启发意义。

作者自介

凯蒂·普里斯（Katy Price）

我的全名是凯瑟琳·艾玛。我还被大家称作卡蒂、凯特和凯蒂。我写诗歌，也为音乐剧写剧本，详细请见：*katyprice.wordpress.com*。我向大家推荐西莉亚·亨特和菲奥纳·辛普森所著的《写作：自我与反省》。不写作的时候我喜欢睡懒觉、吃沙拉、骑自行车、练习合气道（*Aikido*）。如果你要为喜剧演员做戏服的话，可以问我，但我对船只一窍不通。如果我不告诉你，你永远不会知道，在进入大学之前，我曾在一家收容所旅舍工作过。

18

根据人物愿望构造情节

引　言

1977年春季号的《巴黎评论》上，有一篇由哈曼等人对库尔特·冯内古特所作的访谈：《小说的艺术第64号》。访谈中，冯内古特表达了一条这样的原则：作品人物必须自始至终地表现愿望和追随愿望，即便是那些正在经历极端倦怠的人也是如此。尽管我常常不同意冯内古特那过分严肃的率直，但此处我却完全同意他的说法。一篇作品中，对愿望进行细致处理，把人物带入彼此之间的冲突以及他们与环境之间的冲突当中，将支撑起所有的情节——无论这些情节在作品中多么不起眼。同样重要的是，只有通过人物那或服从、或违背愿望的行动，读者才能够真正见证一个个活生生的人，而非静止的脸谱。

这一工作坊式的练习适用于初学者和中等水平的写作者。课程可能需要一到两个小时，这取决于用以讨论和创作的时间。本练习试图将个人小说创作和集体小说创作、小组讨论和集体讨论以及文本细读结合起来。

所需材料

1. 一些民间故事集的复印件，学生将会被分成总数不超过四个的练习小组，以确保每个小组都能读到不同的故事。我选的是“光脚丫书系”中的一些故事集，如《光脚丫动物故事书》，它们内容简短、情节清晰且曲折动人。

2. 给每个小组发一套人物系列卡片。这些可以提前购买，如妙探寻凶卡片。它们可以是一组照片，涉及一些响当当的名字，或者是人物系列素描卡，如“阿内斯·帕特尔：白天警察，晚上K歌女王”。如果学生在前面的课上已经在创作人物角色，这倒不失为一个可以循环利用资源的好机会。

3. 一组随意选择的实物，如公园的长凳、烟灰缸、死去的蝙蝠和一双拐杖。

练　习

每个人都想统治世界

开始时，老师描述一系列自己的愿望：如想要一杯咖啡，想回去睡觉，想让学生成为有作品出版的作家，想得到一切人的认可以及全世界的财富，想去追逐龙卷风。我认为最好是想若干组实际的和不切实际的愿望，自私的和无私的愿望，以及安全的和危险的愿望。

将学生分成3～5人的小组，让每个小组想出尽可能多的愿望，由学生志愿者或教师将这些写到黑板上。

全班同学一起讨论实施这些愿望可能会产生的结果——由老师试

着将答案引向“冲突”。接下来考察这些愿望可能会导致哪些冲突。

民间故事中的冲突

再次回到小组练习。向每个小组成员分发一个民间故事，人手一份。通读之后，让每个小组讨论，是什么样的愿望在统摄每个故事？它们是如何引起冲突的？愿望最终是如何得到或没有得到解决的？这个愿望在发展故事情节和塑造人物形象方面起到了怎样的作用？

之后将结果反馈给全班同学，与此同时，将新添加的各种愿望也写在黑板上。由老师引导学生去思考这些故事中都有些什么样的冲突：如内心矛盾、生死冲突、性格冲突、利益冲突或是文化冲突，等等。

如果时间允许，此时可以休息一会儿。

创意行动

让所有小组在一个规定时间（我给的是 40 分钟）内写出一篇完整的故事，并用不超过 5 分钟的时间把它讲给全班同学听。发给每个小组一套相同的人物卡片以及一系列随机选取的实物。

也许，还需要将以下的指导说明分发给学生或写到黑板上：

1. 每个人选择一个人物，并为这个人物设想一系列的愿望。

2. 向自己所在小组的其他成员介绍你的人物。

3. 小组集体选择一个人物作为主要人物，并从列表中为这个故事选择一件实物。

4. 讨论主要人物的欲望是如何使他们开始和环境发生冲突的，包括与他们自己的冲突，以及与你们小组已经设想出来的其他人物的愿望的冲突。

5. 为你的主要人物选择一个最大的愿望。

6. 编一个故事，在这个故事中，最终要使主要人物的愿望得以实现。故事要包括其他的人物和一个特定的实物。

7. 按照自己希望的方式展示你的故事。

在课程的收尾部分，学生要向全班同学展示自己的作品，并听取同学和老师的反馈意见。

目 的

课程试图在不设定任何格式化标准的前提下，为学生提供一种思考人物和情节之间关系的方法。其目的主要在于先通过讨论、继而通过实验，去揭示人物愿望及其导致的冲突在小说中的核心地位，同时还要证明从最初创作到终稿编辑，对愿望之“核心地位”的领悟加深是成就杰出作品的关键所在。

作者自介

安迪·撒切尔

我叫安迪·撒切尔，不过，我跟著名的撒切尔夫人没有任何关系——尽管我在学校的绰号叫玛姬（Maggie）[1]。我写当代小说和俳句，另外，我正在涉猎哥特式短篇小说。我向大家推荐巴赫金的《陀思妥耶夫斯基诗学问题》，因为它对自由间接引语有详细的剖析。我爱马栗树、国民信托组织的茶室以及西非布鲁斯。如果你想了解有关迷幻电子乐或火山的信息，可以问我，但在电脑路由器或智能手机方面，我却爱莫能助。如果我不告诉你，你永远不会知道，我曾经在盖特维克机场挤上了洛夫·哈里斯的电车，他给我画了一组“罗法鲁”（Rolfaroo）。

① 指前英国首相玛格丽特·希尔达·撒切尔（Margaret Hilda Thatcher）曾因一项削减教育开支的政策，被《太阳报》戏称为“玛姬·撒切尔，牛奶掠夺者”（Maggie Thatcher，milk snatcher）。

19

诗歌嘹亮：一堂诗歌表演工作坊课

引　言

诗歌表演也是一门表演艺术，它涵盖了戏剧、相声以及现场音乐会所需要的种种技能。

在一个表演空间里开展教学时，学生和教师可以就表演、舞台技巧、节奏、内容等给予及时反馈，这就使得诗歌表演与众不同。尽管是写在纸上的，但这种诗歌主要是为了表演，因此，它需要在同学面前嘹亮地、生动地实践出来。

同相声演员一样，一个诗歌表演者也需要分别设计 5、10、15 分钟的串词，以备在开始、中途或结尾使用。这使得诗歌表演更像是一部有着三幕式结构的戏剧。因此，在诗与诗之间要保持连贯性，在主旨和话题之间也要有一根相互贯穿的主线。和戏剧演员一样，诗歌表演者要用声音和身体来表演，并且可能还得用上戏剧的暖场技术。

然而，跟戏剧不同的是，诗歌表演从来没有“第四堵墙”。在直接和观众交流这一点上，诗歌表演和相声表演更为相似。另外，同音乐会一样，在每一首诗的结尾都会接受掌声。以上所述大致揭示了诗歌表演和相声、现场音乐会的共同点、相交点以及不同点。简而言之，它是一种特殊的艺术形式。

诗歌表演与诗歌朗诵也有所不同。对于诗歌朗诵而言，诗人要传递的文字信息是最重要的，朗诵的好坏还在其次。然而，对于诗歌表演而言，它既看重表演，同样也看重诗歌本身。进一步来说，我认为，诗歌表演就是诗歌与角色的融合。观众不只是关注文字，也不只是关注表演，还关注诗人本身。

菲利普·诺顿——一位大满贯诗人，《暴躁性子：全球新融合诗人选集》的联合主编——提醒我们，诗歌表演是易于接受的，最重要的是，这种形式避免了枯燥无味——毕竟，观众是掏钱来享受一晚上的乐趣的。诗歌表演最好的一点就是：它生动活泼且鼓舞人心，并且能和观众交流。因此，观众对诗歌表演所进行的思考会同他们看了一部好戏或好电影之后的思考一样多。

练习：诗歌交换商店

你可以向学生做一个便于他们理解的解释：乐谱上的音乐符号使得音乐家能够演唱一首歌，而对于诗歌表演者来说，标点和空格的运用、诗节长度以及断行同样必不可少。

纸上的诗歌可以训练我们的眼睛，与之极为相似的是，诗歌表演能训练我们的耳朵。听着我们自己的作品被别人朗读是一种很好的检验，我们可以借此检验作品的好坏，这也同样能为编辑工作提供一个完全不同的视角。

提前布置学生准备同一首诗的两份复印件来课堂，该诗最好在四分钟之内就可以读完。

学生每两人一组，面对面站立。由一人大声朗读另一人的诗，诗歌的作者要安静地听着。

读完之后，每人花五分钟时间，回答以下问题：

诗歌表演反馈表

表演者/朗读者

1. 这首诗好读吗？

2. 这首诗的节奏如何？韵律如何？乐感如何？

3. 有一些不太好的诗句吗？有文字或短语让你读起来磕磕绊绊吗？标在诗歌旁。

4. 这首诗是否意味深长？它容易理解吗？

5. 这首诗富有娱乐性吗？

6. 你喜欢这首诗的什么？

7. 什么是你不太喜欢的？

8. 还有别的吗？

听众/诗人

1. 对于这样的体验，你有什么感受？

2. 你关注什么？

3. 你的诗听起来怎么样？

4. 在你表演时，诗歌的节奏和重音跟原来一样吗？如果不一样，为什么？

5. 你的诗歌有意思吗？能言之成理吗？

6. 它表达出你想说的话了吗？

7. 还有别的吗？

表演者最后会将自己的反馈表发给听众，不过要等到整个练习收尾时才能看这些反馈表。

之后，双方互换角色，重复前面的练习。经过 20 分钟，双方都完成表演和聆听之后，这时，他们也拿到了从他们的听众那里得来的反馈，还有他们自己的反馈表作为参考。

接下来，你可以让全体学生重新分组，彼此分享他们的体验和任何惊喜的发现。可以花 30 分钟。

有了对体验的思考和讨论，学生现在也就有了对他们自己的诗歌进行再度编辑的基础。让学生在下一周上课时将重新编辑过的诗歌带到课堂上来，并在班里朗读或表演，另外还要对诗歌的修改进行讨论。

目　的

通过聆听自己写在纸上的文字被另外一个人大声朗读出来的效果，学生可以重新进行判断和编辑。文字化诗歌需要作者精心铺陈在纸上以吸引读者的眼球，同样，用于表演的诗也一样得写得出色，从而便于被人大声朗读出来且生动传达其含义。此练习旨在帮助学生学会自我评价和编辑。

对于我的那些练习诗歌表演的学生，我经常建议他们去报名参加公开的广播比赛和热闹的诗歌比赛，锻炼自己的技巧，继而写出好的诗歌。正如相声和音乐会可以巡演一样，诗歌表演也可以巡演，参与其中可以作为一种拓展练习。

作者自介

罗兹玛丽·当

我的中间名叫安妮。我母亲本打算以她的一位好朋友玛丽来为我起名，但那样的话，我名字的缩写就成了“疯子”(M. A. D.)！我向大家推荐约翰·惠特沃斯的《诗歌写作》。在烹饪方面，我没法帮你——我的饭做得太烂了！没有多少人知道，我还是一个斯特劳德足球诗人（Stroud Football Poet），而且我所写的跟足球有关的诗歌，在德国、爱沙尼亚和芬兰已被纳入了中小学教材。

20

创意写作工作坊课中的网络技术应用：博客和维基

引　言

在过去的十年里，网络已经彻底改变了我们交流和分享信息的方式，特别是 Web2.0 产生以后——或者说在 Web 2.0 变得广为人知之后，这种影响尤其明显。因为它为我们创造了一个以用户为中心的交互环境。其后紧跟着出现了博客和维基，它们俨然已经在网络中处于主导地位。

事实上，二者的理念都很简单：博客就是网络日志，要么是个人的记录，要么是一个团体或是其他类型的记录；而维基则是一个可编辑的网页，通常也是被一个团体所用。维基的一个典型例子就是“维基百科全书”，它允许用户编辑其中的词条。

从中学到大学，博客和维基已经十分显著地嵌入了人们的虚拟学习环境，如此一来，它们也在持续不断地被教师们带入创意写作工作坊的教学活动中。这也正是我一直致力的事情，同时我还想和你们分享两个具有可操作性的教学活动。这两个活动需要的唯一资源是：创建一个属于教师和学生全体的工作坊博客。

基于博客的活动

“故事接龙”是一种尤其适合博客之类非实时网络环境的活动。在这个教学活动中，学生的作业主要在课余时间完成，而非在课堂上。

练习

教师在博客上为故事开个头，不要超过 100 字。学生在课下阅读这个开头，然后续写故事（同样，不要超过 100 字）。确保博客上的续写按顺序被记录下来，从而反映出学生在持续不断的故事接龙中将各自作品添加上去的次序。

由于教学活动是在课堂以外进行，所以要持续几天才能完成。这对大一新生来说是个不错的练习，它也同样可以被用作任何一门课程的导入课。

目的

本练习是一个相当不错的“破冰”工具，尤其适合于将新学员带入这种常常令人望而生畏的体验——他们的作品要被自己的同学阅读。另外，本练习还可为整个课程架设友谊和信任的桥梁。

在技巧层面上，学生的博客文字可以在课堂上拿来检验，老师则可以利用博客鼓励大家就创意实践的各个方面进行辩论，包括故事情节、人物特征和创意等。

利用维基网页进行编辑和修订

维基能够成功地延伸创意写作工作坊的教学活动。维基网页的可编辑性允许大家对网页上的任何改变进行个性化追踪。这也就意味着，它方便大家充分去捕捉对创意写作进行的所有修改。

练习

这项任务需要两人一组进行。第一位学生（被指定为作者）要在面对面的小组练习之外编写一个故事。然后由第二位学生（被指定为编辑）按照图书出版标准将该故事编辑到他（或她）所能达到的最佳水平，要求在课堂之外完成。编辑过程既可能包括删除错误的拼写，也可能包括改写句子、增减单词或短语。总之，怎么编辑都有可能。由于这项活动是由“作者”和“编辑”利用课外时间来完成的，因此整个过程要持续数天。

目的

本练习特别有助于学生了解修订和编辑作品的重要性。通过在维基网页上对创作和编辑的关系进行探究，学生得以体会到一些问题和困难。在“编辑”层面，最好让学生使用他们从未使用过的方式；而在“作者”层面，则要告知他们这样的概念：他们的作品会被别人阅读乃至被批判，这可能会叫人觉得不舒服。到课程结束时，学生应该对“为何编辑自己的作品如此重要”以及“为何完成这个过程需要一定技巧”这两方面有明确的理解。

作者自介

斯宾塞·乔丹

我的全名是斯宾塞·肯尼斯·乔丹。我的中间名是我祖父的名字，他在“二战”中失去了生命，曾是美国“解放者轰炸机”上的一名机尾炮手。我主要写历史小说，不过都是些短篇小说。如果你希望一个人能帮你搭建帐篷，我愿意效劳，但在DIY或汽车保养方面，我却爱莫能助。如果我不告诉你，你永远不会知道，我曾在喜马拉雅山徒步旅行过。

21

美食评论：调动感官和个人记忆

引言

无论是在虚构还是非虚构类写作中，食物都占据着重要地位。美食评论通常会综合各式各样的叙述，因此，一篇美食评论可能包含有自传体回忆录、游记和大厨的个人简介以及菜单详情。如今，美食评论正在越来越多地涉及一些重要的社会问题，如个人健康、环境的可持续发展等。

关注领域的广泛化还意味着：美食评论不只关注食物书写本身，其精髓适用于各种写作课程。由于学生和教师通常都能确定正在创作的内容是什么——最喜欢的一顿饭的味道，贴心的食物对人的慰藉，烹饪与食用，等等。因此，无论是在面对面的教学还是网络环境教学当中，涉及食物的写作练习都能够获得学生较高的参与度。

水果写作练习

写作时间：10～30分钟

为每位参与者准备一个完整的或是切好的水果，以及纸笔。全班同学可以用相同的或不同的水果进行练习，水果可以由老师或学生提供。由于品尝不具有强制性，对某种食物过敏或是喜不喜欢都不成问题。不过，就这点而言，由学生自己提供水果可以减少一些潜在问题，同时本练习完全适用于在线指导。

给学生分发水果，或者让他们将自己带的水果放在面前，并静静地思考一分钟，试着动用某种感官去评价这个水果——虽然不必每次如此，但我通常都会这么去要求。之后，我会让学生利用这一感受，写下对这个水果的描述。

再次重复本练习，要求聚焦于另一种感官的感受。在写作之前，学生将再次花一分钟的时间去观察他们的水果。我会让他们自己去把握观察的方法，如果愿意的话，他们也可以品尝。通常留三分钟的写作时间，但也会根据实际的课程时间进行调整。写作期间，我唯一的建议就是敦促学生避免使用陈词滥调或其他陈旧的描写手法。

如果想拓展本练习，可以让学生继续动用下一种感官进行更多描写，或互相交换水果，并尝试着从相同或不同的感官的感受进行描写。

本练习尤其适用于面对面的教学，如果稍加调整，也能适用于网络教学。具体的方法是：先向学生展示某种水果的影像资料，并让他们写出一段视觉描述。之后，分派学生描写这种水果的不同部位，并要求他们动用一种或多种感官对其进行描写。当学生感到他们对水果的描述真的刺激了自己的描写神经之时，就可以加以深化，此时要用上他们的听觉！

如果时间允许，我会要求志愿者来朗读其中一些作品。之后，我会带领大家进行讨论：哪种感官能够提供最生动、最有力或者最能引起读者共鸣的描写？原因何在？作为作者，学生可以去反思哪种感官带来的感受对自己的写作最有用；而作为听众，他们则可以知道哪些能引起自己的兴趣。

食物回忆录练习

写作时间：10 分钟以上

本练习只需拿起纸笔，回忆记忆中使我们印象深刻的食物。适用于面对面的课堂教学或在线网络课堂。

开始时，我先让学生想一种自己最喜欢或是最不喜欢的食物或饮品。之后，我会让他们写出这种食物或饮品最合口味或最不合口味的地方。两三分钟以后，我会让他们停止写作，并去回想这种食物或饮品留给他们的最为深刻的记忆。接着，写下这段记忆，但是不要提及食物或饮品的名字。

我会这样加以引导：这是你从孩童时期就喜欢（或不喜欢）的，还是只是最近才开始不喜欢的味道？你的口味改变过吗？食物或饮品的味道、香气或色泽在这段记忆中扮演着特别重要的角色吗？这种食物会使你想起谁或是什么地方？在你想到它的时候刚好发生着什么？

学生经常会发现这个练习极为有趣，他们可以用几分钟或更长的时间写作。他们可以把作品拿到课堂上来朗读，也可以在改进之后再展示出来或是稍后发布到群里。

由于牵涉到个人回忆，朗读的人要出于自愿分享自己的作品，而不是由老师点名。我会让听众/朗读者侧重于猜测作品中所描写的食物。之后，可以继续进行小组讨论：食物在记忆中是如何变得生动起来的？真实的记忆是如何被描绘出来的？为了便于对讨论进行指导，我要求学生将“隐去或尽量不提及食物名称所产生的影响”也都记录在案。

作为一个紧随其后的练习或者家庭作业，我会让学生再创作一份食谱作为其作品的附件，或者干脆把它纳入作品当中。

目 的

这些练习是为了增强学生对食物的敏感性，然后帮助他们利用这些反应写出独具创意的作品，将尘封的记忆唤醒，并运用在自己的写作中。由于我们对食物有着感官、感受上的真切体会，因此这些练习尤其有助于学生重点关注食物的味道和香味，而这些感受经常在写作中被忽视。

作者自介

唐娜·李·伯恩（Donna Lee Brien）

我的名字是唐娜·李·伯恩。我住在澳大利亚的一个小牧场里，距离我的大学有800英里。不写作的时候我喜欢旅行或者在网上查资料，我正在研究有关澳大利亚美食作家的历史。从有助于课堂教学的角度来说，我最喜欢的作家是玛格丽特·富尔顿、马里昂·哈里根、伊丽莎白·大卫、M. F. K. 费舍尔和奈杰拉·劳森。如果你想知道羊有多么聪明，可以问我，但我不会告诉你如何去宰杀它们。尽管你可能猜到我是素食主义者，但如果我不告诉你，你可猜不到我对橄榄的味道有多么厌恶。

22

数码琴弦：指导一堂音频工作坊课

引 言

利用音频作品开展工作坊教学，能够为基于文字的创意写作课堂提供一种替代方案。它既可以给学生换换口味，也可以对某些传统课程所遇到的挑战作出回应。

首先，它意味着花更少的时间去分发和处理复印材料。而由于种种因素，在一堂学生需要在课上完成大部分作品的情况下，后勤保障每每会遇到一些困难。其次，提交音频作品可以防止学生对细节过分关注。我班上的同学经常非常关心他们的诗歌印在纸面上效果如何，但对印刷工艺的过度关注会让他们陷入极为缺乏成效的讨论中去，如纠缠于对字体、颜色、作者署名位置以及作品中的其他非重要事项的讨论。

提交音频作品也有助于学生在完成作品时少分心。如诗歌作品一旦被打印出来，学生就不会看重他们自己或同学的反馈，而更倾向于将印刷品当做权威。这种视印刷品为最终成果的意识会阻碍他们接受对作品的不同理解或正当的批评。因此避开这种最传统的发表形式，还将有助于学生把重点放在整个学习过程上。

练 习

对于一堂音频工作坊课而言，教师和学生需要有一套便于操作的录音软件和麦克风。我所在的大学用的课程管理软件附带一套语音工具，包括一个面板那样的语音板。作为替代方案，学生也可以先行录音，然后把作品通过群发电子邮件的形式发送给大家。至于录音设备，现在的很多电脑都有内置麦克风，另外，学生还可以用简单的、带有麦克风的耳机录制音质更好的音频文件。即使是手机，很多也带有标准的录音软件，当然音质可能高低不一，不过这至少说明大家都有可用的录音设备。

在我的课堂上，这种改变替代了原先一连串的传统方式。如今我要求每个学生写一首诗，并以音频形式上交。他们用家庭电脑录下自己的作品，并通过电子邮件同自己小组的成员分享，在下次上课之前，每位学生都需要听完小组其他成员的作品。

或者，你还可以尝试让学生每两人一组，让他们彼此朗读并录制搭档的诗歌，这样，他们就能听到自己的作品被一个新的声音朗读了出来。

为了帮助学生准备作业，我建议他们不管是创作自己的诗歌还是评论另一个人的诗歌，其所提交的音频都要尽量将注意力放在声音上。我会让他们将每个人交上来的作品都听上几遍。我总是建议他们重复朗读那些诗歌，而这个练习之所以能让学生从这种重复中获得额外收益，是因为在第一次听时，他们很难抓住作品的每一个方面。于是，他们不得不回过头再将每段录音播放第二遍、第三遍，以加深对作品的理解。这是一项更具挑战性的任务，因为在他们面前总是没有完整的文本。

我也会让学生简单记下自己的反应，并记录那些对他们而言比较有冲击力的词或短语——它们要么是作者精心选择的，要么是有问题的。另外，用一些短语记下有关诗歌节奏方面的感觉，并描述一下诗歌所运用的声音类型（如跌宕起伏的、圆润柔美的、轻声低鸣的，等等）。这些指导能够让学生就诗歌的一些具体形式要素展开评论。我希望通过这些评论，能够加深他们对诗歌内容的理解。最后，我会让他们把笔记带到课堂上进行讨论。这些将会成为课堂研讨的基础，在这堂课上，我们会使用打印出的材料。通常，每个学生都要带一份自己诗歌的打印版，并在讨论开始时朗读。但如果让他们将所有纸质版的作品都留在家里，并在讨论开始时再次播放作品的录音，也不失为一种有效的途径。

目　的

本音频工作坊的首要目标是：鼓励学生在创作时更多地留心体会文字的音韵，看看它们是以加强了的节奏、尾韵和中间韵的形式表现出来的，还是以头韵和谐韵的形式表现出来的。

对我的一些学生来说，这种对声音的关注会使他们创作出引申主题和深化技巧的诗歌。正常来说，对于要提交给大家的诗歌，学生们在录音时也格外用心，因为这些录音将被反复地聆听。

我启用音频工作坊课的用意在于，它可以使作品的内容和形式经过学生们的多次感受逐层绽放出来，而避免了大家第一次阅读就去强求诗歌的意义。换句话说，我认为这一练习模式不仅看上去，而且完全有可能教给学生一种最重要的阅读技巧——尤其是读诗的技巧。

作者自介

斯蒂芬妮·沃特曼（Stefanie Wortman）

我的名字叫斯蒂芬妮·沃特曼。我住在密苏里州哥伦比亚市的一座大学城，这里也是一个正在蓬勃发展的纪录片中心。我创作诗歌、散文和评论。我推荐大家阅读肯尼斯·柯克所著的《打造你自己的时代》。不写作的时候，我喜欢织毛衣或者骑自行车。我对老电影略有了解，但是对于运动，我却不怎么熟悉。如果我不告诉你，你永远不会知道，我曾经梦到自己成了一名股票经纪人。

23

用还是不用：第二人称“你”在作品中的使用

引　言

对于一个学习创意写作的学生来说，第二人称叙事可谓提出了一个富有吸引力的课题；对于一个教授创意写作的教师来说，同样如此。很多创意写作方面的书都告诫我们不要使用第二人称，然而，在很多精彩的范文中，故事的成功很大程度上就在于使用了这一不同寻常的叙事角度。

我和我的一些学生研究了很多这方面的文章，一开始我的这些学生对第二人称的运用不是很熟悉，很显然他们在写作中惯于使用第一和第三人称。与传统理论相反，第二人称实际上不是一种视角，而是一种修辞手段。因此，每一个第二人称叙事都会有一个第一或第三人称叙述与之相伴。一旦学生理解了这一点，他们就能够试着用第二人称写作，并试着用第二人称叙事写出一些异于传统故事讲述方式的作品，进而产生有趣的——有时甚至是绝妙的效果。

在非韵文写作中使用第二人称叙事的最自然的方式，应该是书信体，因为大多数学生都会时不时地写信，或者至少会写电子邮件。

练习一

提示

1. 给 12 岁的自己写一封信。可以祝福，可以劝诫，或者将二者相结合。

2. 以小说中某个人物的口吻给另一个与之分歧很大的人物写信，用这封信推进或论证一方的观点。

在学生尝试这些练习之后，让他们去掉敬语和收信人的详细信息，看看这封信在不被视作信件的情况下是否一样成立。然后让学生重写并编辑这封信，直至它成为一篇由某种顿悟或转折而走向高潮的故事。

目的

通过给自己或给一个虚构的人物写信，学生将会使用自省甚至自责的语气，这容易增加故事的趣味性。第二人称的使用能使读者产生身临其境的感觉。尽管故事是关于作者或人物的私事，但可将其赋予一个普遍的特征，从而使读者对那个吸引他们的角色产生更加深刻的认同。同时，使用第二人称叙事在某种程度上还能增加距离感，这是第一人称独白叙事无法做到的。有时，这还会帮助学生自由地开展非虚构性创意写作，在进行分享时，他们往往非常开心。

练习二：创作“如何去做”的故事

一旦学生对书信体进行了探究，可能就会想到去尝试第二人称叙事的其他用途。创作指示性的或“如何去做”的形式的故事便是其中一种有趣而且好玩的方式。

提示

准备一些写有下列所有问题的明信片：

如何组建一个家庭？________________

如何脱离一个国家？________________

如何驯服一头狮子？________________

如何成为一名作家？________________

如何举办一场宴会？________________

如何花费你的金钱？________________

如何度过一个周末？________________

如何与你的父亲交谈？________________

让学生选一个问题，然后开始进行五分钟的自由写作。如果他们愿意，也可以先做一个列表。如果是这样，老师需要指明，列表上的每个项目要都能够被进一步地扩展、开发和解释。一旦项目间的联系得到确立，一个故事也就初见端倪了。我鼓励学生在课下进行写作，之后将故事带到课上来，然后再根据工作坊课上的评论和建议进行重写。

目的

本练习创作的故事与传统故事有所不同。在“如何去做”故事中，时间不会像在传统故事中那样起作用即各种指导用的是将来时，所呈现的故事用的却是过去时。指导是由一个近乎隐形的第一人称叙述者赋予一个第二人称叙述者的（“你”要么是被陈述的，要么是被假定的）。这样做能创造出一种特有的语气，而这种语气则成为了整个故事吸引人的焦点。

作者自介

巴里·卢埃林（Barrie Llewelyn）

由于巴里是一个不怎么常见的女性名字，因此，当别人问及它时，我有时会说“巴里”来自亚述语，意思是我父母想有个男孩。事实上，我是根据一位叫巴里·柴思的舞者命名的，我母亲一直认为，这位舞者是弗雷德·阿斯泰尔最喜欢的舞伴。我进行虚构类和非虚构类文学创作和诗歌创作。有时，我也会做一些编辑工作。我向大家推荐安妮·拉莫特的《关于写作：一只鸟接着一只鸟》。如果你想了解美国内战，可以问我，但在修水管或猜火车方面，我可是爱莫能助。如果我不告诉你，你永远不会知道，我曾经暗恋过集企业家和电视名人于一身的劳德·艾伦·休格。

24

无纸工作坊教学：

节省木材，增强互动，不拘一格

引　言

对于任何层次的创意写作课程来说，工作坊都可算是一种标准模型。在工作坊中，大量打印和复印学生的作品会用掉很多纸张，之后，师生皆在上面涂涂改改。当然，这种方式对那些有手稿的学生来说或许很方便，因为这可以帮助他们在写作的后期完善自己的作品。但在定稿之后，再想对作品做进一步改进，这种方式也许就不那么适用了——因为恰恰是印刷这种行为给人一种虚假的完成感，致使学生不愿意对一些古怪晦涩的字或短语做出更多修改，也不愿意再去看文章结构和形式中存在的大毛病。

在进行传统的、依赖纸张的创意写作工作坊课时，还会受到一系列“车轮辐条互动模式”的限制：即学生一个接一个地展示自己的作品。这就导致了一种人为的思维定式，进而又给接下来的每位参与者施加了一种额外的压力，迫使他们必须得拿出原创的东西来。

相比之下，借助电脑和网络的工作坊课则能提供一个更灵活、更有利于互动的教学模式。在这样的工作坊课上，所有的参与者都能分享那些即时呈现的评价、想法和建议。这丰富并深化了学生的学习体验，因为所有学生都可以洞察作者和读者之间那种复杂的、瞬息万变的关系；而在依赖纸张的工作坊课上，学生则不容易产生这种洞察力，即使有，也不显著。

准备工作

理想情况下，工作坊课上的每个人都有一台可以上网的电脑，当然共用电脑也可以，哪怕只有一台带投影的电脑，由教师一人示范编辑也无妨。

带着作品来上课的学生应该准备作品的电子版，要么存在优盘里，要么存在电子邮箱里。不需要提前传阅这些作品。随后，加入一个可以进行文件分享的网站，并邀请整个团队来看这些共享材料。我一直用的网站使用的是现在已经停用的 EtherPad 技术，如 http：//piratepad. net 或者 http：//typewith. me。这些网站的好处是它们是免费的，而且不需要登录名和密码。当然随着新技术不断出现，说不定你目前会有其他更好的选择。

如今，技术和硬件都很发达，整个班级可以共享文件。所有的人都可以在同一时间平等地、在虚拟环境下同步地对文本进行编辑。对学生而言，即使这种情况不能令他们兴奋，通常也会是比较有趣的。另外，这也需要一定的相互尊重和信任。

练　习

对于教师而言，能够同时访问一个文件的技术可以使教师动用无数种方式开展工作坊教学。比如：

1. 让一位学生提炼出作品中的精华部分，并将其上传为共享文件。之后，进行细致的编辑展示：剪切、粘贴、移动、重新整理。你可以展示用语范围和语气的变化，说明事件顺序的变更是如何改变故事对读者的影响的，当然，你也要指出叙述视角上的任何改变。

现在请团队中的成员来做编辑，要么一个人，要么两人一组。请他们进行建设性的评价并提问，不要以“你为什么用沙发而不是长椅?”这种方式提问，而改问：“你为什么在客厅设定了这个场景?”或者也可以问：“你确实需要这个场景吗? 设置这个场景的目的是什么?”

接下来集体编辑这个作品，大家可以一起讨论、选择和决定。然后，请一位学生将编辑后的作品大声念出来，并提示学生注意那些在他们头脑中能够形成栩栩如生的画面的部分。

2. 从一无所有开始，大家一起合力创作出一篇全新的作品。这种模式非常适合剧本写作。举例来说，选一个众所周知的故事（例如一个童话故事)，然后让学生写出故事的关键部分。每个人都可以随时加入进来。通过大家齐心协力，作品结构就会趋于一致。然后就“故事该从什么地方开始，在什么地方结束”进行讨论，并决定要用的场景和场景出现的顺序，然后让学生单独或以小组形式写出这些场景。接着，上演整个戏剧。

3. 挑选一位其作品达到几乎未经编辑就可以出版发行的著名作家。从他未经编辑的作品文本中找出其精华部分并上传到网络教学平台。让学生对此进行编辑，接着，根据最后出版的文本展现“正确答案”。

值得注意的是，在任何情况下，虚拟形式的互动都不一定能够取代面对面的互动；或者说，虚拟互动只是补充并增强了面对面的互动性。但也需要承认，这种技术毕竟为国际合作和远程教学提供了可能。

那些向大家展示作品的学生会获得一些有用的东西，相比被修改得面目全非的纸质复印件，电子修改稿更容易收集和再学习。这不仅可以使最后编辑的草稿和评论以及建议统统得以完整保留，而且许多文件分享网站还有“回溯功能”，这样就能够重新浏览整个编辑过程，包括不成功的开头或遭到反对的改变。当然，作为老师，你也可以用这种功能来检查，看谁在这个过程中有所贡献，而谁没有。

目　的

本练习建立在“重点学科学习技术提升学会项目”的基础之上，这个项目是由英国高等教育学院提供支持的。本项目的目的是让学生用一种更有价值和更灵活的方式来处理他们的作品。此外，他们不仅可以学习一系列的编辑技巧和策略，而且可以避免破坏大片的森林。

作者自介

史迪夫·梅（Steve May）

我的名字叫史迪夫·梅，但我有时也用其他名字，以避免被起诉。我进行戏剧、书评和即兴诗创作，我推荐大家读我所著的《开展创意写作》。如果你需要了解阿廖欣防御（Alekhine's defence）方面的知识，可以问我，但在如何建舍利塔方面，我却爱莫能助。如果我不告诉你，你永远不会知道，我们很可能上的是同一所学校，却从来未见过面。

25

把作品写在明信片上：捕捉散文的诗意瞬间

引言

本练习适用于不同层次的学生，也适用于多种情境。我原本是想把它运用于散文诗写作训练，但随着时间推移，我发现学生们的回应是全方位的，大家在创意写作领域的各种体裁——小说、诗歌、回忆录等方面都能感受到此方法的行之有效和具备拓展的可能性。本练习十分强调故事性和诗性创作的冲突与契合关系，鼓励写作者使用凝练、隐喻的修辞手法，以触摸“诗意瞬间”。

练习

我会分发给学生把一种从文具店买来的简易明信片，这些明信片有一面完全空白，可以用来书写。

让学生回顾最近两天发生的特别之事：那些他们看到的、参与的、观察到的、听说的，等等，或者那些直接触动他们、让他们觉得重要或能产生共鸣的事情。有时候，缺乏经验的学生会在这一步遭遇障碍，这时，组织 5 分钟的头脑风暴可以帮助练习者集中精力进行回忆和观察。通过头脑风暴，一个被认为重要的事件或瞬间就会被锁定。

无论那个“事件”或“瞬间”是怎样被选中的，只要其潜在意义尚未被充分把握，本练习就大有用武之地。重要的是，练习者能够感到“有东西呼之欲出”，所以我鼓励学生追随他们的直觉。

接下来，学生们要去捕获他们各自的“事件”或“瞬间”，限时 15 分钟，并以散文的形式把它写在一张明信片上。我鼓励学生动用他们所需要的所有元素，如对话、时点、动作和人物。要是愿意的话，学生们还可以在另一张明信片上对文章进行改写，在实际过程中，他们经常在第一张明信片的空白处修改和完善自己的表达。

随后，我邀请大家来分享他们的作品，并集体讨论他们在面对这个练习时不得不做的选择。争议往往出现在如何处理开端、结尾，以及如何在完成整个任务之前准确把握那个“瞬间”的深义或诗性。此外，争论也常常会出现在语言运用方面，如是采取散文节奏还是诗歌节奏、要带入多少“故事”等。

目　的

本练习不言而喻的目的是散文诗创作，它也同时凸显了诗歌与散文之间的紧张关系：学生们想要挖掘的是一个“瞬间”，所要表达的却是一个“故事”。而且由于明信片的空间有限，这就要求他们使用最经济的语言，直接写下时间、节奏和喜怒情绪。如此一来，诗歌或散文创作者们就会发现，他们正在进行一种有趣的炼金工作，并以陌生而多样化的方式赋予其独到之处。他们还会发现，自己的工作早已被置于一种不寻常的张力之中，而这正是散文诗的核心。对于某些学生而言，从探索一种虽陌生但迷人的新形式开始实践，无疑是个不错的选择。

在创作小说、诗歌、回忆录及其他写作技艺的课程上，本练习鼓励学生密切关注意义是怎样在文字中传达的。它强调所有表现形式的简约性，并且展示出某种限制是怎样激发创造力的，以及由此导致的紧张关系是怎样产生实际影响的。在散文中，这可能是一个情感共鸣时刻，在诗歌中则转瞬即逝，在回忆录中又是一个最最真实的时刻。在实践层面，本练习通过鼓励细致修改和锻炼精准控制力，以实现清晰而精确的表达，从而最终提高写作技巧。

一言以蔽之，本练习着重培养一种作家式的每日观察和自省意识，并在各种创意写作形式的心脏地带厉兵秣马。

作者自介

帕特里夏·德伯尼（Patricia Debney）

我本该在一个盛大的节日——圣帕特里克节出生，结果却晚了几天，但我的父母执意要为我取这个名字。我写散文诗、回忆录和小说。我的博客网址是：www.wavingdrowning.wordpress.com。如果你需要有关沿海术语学或者儿童I型糖尿病方面的信息，可以问我，但我不能为你提供电力方面的知识。如果我不告诉你，你永远不会知道，我是在弗吉尼亚蓝岭山脉长大的。

26

找到适合儿童文学的叙述口吻

引　言

进行儿童文学作品创作是一项很特别的活动。通过艾尔肯的《儿童和青少年：对皮亚杰理论的阐释》一书，我们可以获悉，让·皮亚杰认为儿童会按一定的次序经历不同的成长阶段。与此同时，对于每个孩子而言，每个阶段在不同年龄段孩子身上持续的时间不等，当然这些阶段都遵循着相同的次序，概莫能外。劳拉·伯克的《儿童发展学》是对皮亚杰理论的延伸，它更为详尽地告诉我们在每个发展阶段会有什么样的特点。我们当中那些希望进行儿童文学创作的人，如果用上伯克和皮亚杰的研究成果，加之由自己的童年回忆而生的直观感受，将会做得很好。

练　习

叙述口吻来源于作者与想象中的读者之间的距离。首先，我们需要确定由谁向谁讲述。

练习开始时，先让学生回想自己童年时一个令人愉快的场景。然后让他们想象在跟曾经年幼的自己对话，写下这个场景，时间大概为20分钟。在该练习中使用第二人称将会十分有趣，这可以帮助他们记起自己还是个孩子时的模样。

接下来，让学生通过回答下列关于性格的问卷，去想象谁将阅读他们的故事。待做完问卷之后，就其故事的叙述者做同样的问卷。问卷上的问题只是作为参考，你可以按你自己的想法更改，注意除了要涉及身体、智力及情感方面的细节，还要涉及个性特点，并且考虑到对于目标读者和叙述者来说，什么是最重要的。

性格问卷

他们长什么样？ ____________

他们有多大？ ____________

他们是如何认知自己的体魅的？ ____________

他们喜欢吃什么？ ____________

他们在学校的学习情况怎么样？他们擅长什么，不擅长什么？ ____________

他们和权威人士相处得怎么样？ ____________

他们喜欢什么样的工作？ ____________

空闲的时候，他们最喜欢干什么？ ____________

他们喜欢什么样的故事？ ____________

他们可能最喜欢什么类型的电视节目？ ____________

他们最担心什么？ ____________

他们跟谁会相处得很好？________________

跟谁在一起会让他们感到有心理压力？________________

除了父母之外，他们生命中还有其他对他们影响重大的成年人吗？________________

什么事情令他们开心？________________

什么事情令他们伤心？________________

什么会使他们生气？________________

他们最欣赏别人身上的哪种品质？________________

什么是他们最害怕的？________________

他们最大的愿望是什么？________________

多给学生一些时间去做上面的练习。可以在课堂上花 20 分钟的时间思考，也可将其布置为家庭作业。回答不需要写很多，重点是在开始进入故事创作之前，投入大量的精力去思考叙述者和想象中的读者的心态。

这些问题也会帮助他们塑造故事中的人物形象。如果这一练习横跨两节课，你的学生很可能已经开始争先恐后地去寻找一个什么故事了。

但是现在，他们应该去重写自己在前面回忆到的场景，也可以写一个储存在自己脑海中的故事场景，或者写一个在本练习课上让他们有所触动的场景。为此，他们应该尝试自己认为适合其故事的叙述口吻——可以使用任何他们觉得合适的时态或人称，例如第一人称现在时或第三人称过去时。在写作过程中，时刻都要小心谨慎，时刻都要记着他们的读者对象。限时 20 分钟。

在这一环节，时常会使学生感到惊讶的是，他们发现自己作品中的叙述者跟目标读者的年龄并不符合，并且（或者）跟他们的目标儿童读者的年龄也不符合。事实上，通常情况下，孩子们希望在书中读到的人物能比自己大两岁，因此叙述者经常也会作为一个比读者至少大两岁的形象出现。尽管有时，叙述口吻可能像一位哥哥或姐姐、叔叔或阿姨，甚至爷爷或奶奶。

接着，让学生试着改变人称/时态——大声将作品读出来能够帮助作者决定哪种人称/时态组合最合适。鼓励学生在文章的关键部分尝试多种组合。最好将其布置为家庭作业完成，并带到下一节课堂上来。需要提醒学生的是：对第二人称的使用可以产生一种十分鲜活且不同寻常的表达，尽管很难从头用到尾。而对于那些写给大一些的孩子的作品来说，使用第一人称叙事的效果会更好，因为这样能够产生更强的亲近感，在某些情况下，还能够帮助读者与叙述者一同成长。

使用现在时态能够产生一种即时性的效果，但必须注意的是：千万别让人觉得叙述者手里正拿着一个笔记本四处游荡。

目　的

在讲故事的过程中，叙述者和读者都可算作是追加的人物角色，对于学生而言，理解这一点非常重要，而本练习就是要让他们对此有所关注。在学生认识到这一想法和他们完成一篇作品之间存在一个时间差，这个时间差刚好能够让他们充分理解这两种重要的附带角色。

作者常常有这样的担心，即他们尚未找到适合自己的叙述口吻，甚至感到永远都找不到。不同的作品需要不同的叙述口吻，本练习的目的在于帮助每一个具体的故事去寻找恰当的叙述口吻，并使之变得真实且易上手。当然，如果学生想为各个年龄段的孩子进行文学创作的话，他们就需要熟悉各种叙述口吻。在此过程中，他们有机会发现自己更愿意为哪一个年龄段的孩子进行创作，另外，他们也将开始领会到作者本人同那个参与了叙述口吻建设的作者形象之间的不同。

这种对不同时态和人称进行尝试的“小实验”鼓励学生将文本大声读出来，这种方式也适用于后续编辑过程。当学生开始认识到哪种人称和时态的组合听起来感觉不错时，他们的直觉将得到锐化，而他们对这些直觉的信任也会增加。

作者自介

吉尔·詹姆斯（Gill James）

我的名字叫吉尔·詹姆斯。如果我是个男孩的话，就会被起名为吉尔伯特，那是我从未谋面的祖父的名字。我生活在曼彻斯特。我为孩子和青年人创作小说、编写教材，也为成年人创作短篇小说。最近，我对科幻小说创作饶有兴趣。大家可以访问我的主页：www. gilljames. co. uk 和 http：//www. seek. salford. ac. uk/profiles/GJAMES. jsp。我向大家推荐安德鲁·梅尔罗斯所著的《为儿童写作》。不写东西的时候，我喜欢在乡间散步。如果你想了解跟法语、德语或西班牙语相关的信息，可以问我，但在会计或足球方面，我可爱莫能助。如果我不告诉你，你永远不会知道，我曾在一个唱诗班里加入过男高音声部。

27

与莎士比亚和蒙田一同写作：借鉴前人之法，成就未来作家

引　言

“我胡涂乱抹的这些东西都是些什么，”蒙田写道，“除了怪诞荒谬、七拼八凑的文字以外，什么也没有。而这些拼凑也毫无顺序、联系或布局可言，即便有，也纯属偶然。”（《蒙田随笔》第一卷；我自己翻译的。）

蒙田用一种不同寻常的方式描述了自己的作品，这种不同寻常表现在他没有像我们那样，总是期待学生能够精心构思自己的作品。你能想象自己让学生不遵循任何顺序、联系或布局进行写作吗？然而，这就是我要建议你去做的事情。本练习用蒙田的写作方法来指导学生，它也体现了一种普遍的教学方法：不仅让学生学习历史上的名家名作，还要学习这里名家创作作品的方法。学生也许读过《论友谊》或者《罗密欧与朱丽叶》，但他们却很少知道，蒙田和莎士比亚是如何创作这些作品的。在本练习中，他们将会找出答案，而且更妙的

是，他们还将自己去尝试真正的写作。

练习一：蒙田及其引文

我先给学生分发一些蒙田从西塞罗的《论占卜》一书中所引用的文字（《蒙田随笔》第二卷；我的翻译）：

> 对于那些习以为常的事物，人们不会惊奇，尽管不知道它是如何实际发生的。而当一件从未有过的事情发生时，人们又会将其看成是一个令人惊讶的奇迹。
>
> 只有当这样的事情过去之后，人们才发现，一些说法其实早已预言过此事。

然后，我让学生暂且以《论畸形儿》为题写一篇短小的个人随笔。他们可以自由地诠释这个主题，但必须在作品的正文部分使用以上引文。

15～20 分钟之后，让学生停止写作。随后我会对文艺复兴时期使用的一种摘录簿写作方式做一个简单描述，介绍一下当时的作者是如何围绕着特定主题，从那些著名作家——如西塞罗、奥维德和维吉尔那里引用或简洁有力或意义深奥的文字来创作自己的作品的。

例如，我把蒙田的《论畸形儿》发给学生，在这篇文章中，他使用了对西塞罗的文字摘录。接着，我大声读出这篇文章。当读到引用部分时，学生通常会不约而同地发出感叹：因为他们发现，自己和蒙田使用了同样的摘录，而且方式也一样。之后，我们会大声朗读一些学生的随笔，看看同样的引文是如何形成截然不同的文章的。

练习结束时，我们会集体探讨我在本练习开始时引用的蒙田的思路：写作如何像是一个“畸形的”身体，而引文又如何构成了这个畸形儿的肢体和器官？我们怎样将这项练习用在自己的写作中？

练习二：莎士比亚及其引文

我将给学生两段不同的“罗密欧与朱丽叶”恋爱故事的版本。两段文字都描述了罗密欧第一次见朱丽叶时的情形。

他身靠那直立的梁柱，
打量每一位妇人的美丽。
心中判断着最美的是谁，
而属于他的那位天生丽质又是谁。
终于，一位少女映入他的眼帘，
她身材那样姣好，
就连提休斯和帕里斯也愿意将她揽入怀中。
他在所有见过的女子中，
唯有这位最令他倾心。
他在心里默默对着女子说，
“少女啊，你自负于你那
绰约的身姿，以及它的声名，
还有人们高声的赞美，
这样的美无人拥有，不可直视，
世间难寻。”
（节选自亚瑟·布洛克1562年的《罗梅乌斯与朱丽叶的悲剧史》）

啊！火炬远不及她的明亮；
她皎然悬在暮天的颊上，
像黑奴耳边璀璨的珠环；
她是天上明珠降落人间！
瞧她随着女伴进退周旋，

像鸭群上一头白鸽蹁跹。
我要等舞阑后追随左右，
握一握她那纤纤素手。
我从前的恋爱是假非真，
今晚才遇见绝世佳人！
（节选自威廉·莎士比亚 1597 年的《罗密欧与朱丽叶》）

这样学生渐渐就会理解，莎士比亚创作出的最著名的悲剧乃借鉴另一本书而来。我告诉他们，对于文艺复兴时期的作家来说，借用他人的资源是一种常见的行为。此外，为了创作《罗密欧与朱丽叶》，莎士比亚不仅借鉴了布洛克的诗歌，还借鉴了其他一些作品。在意大利，这对悲情恋人的故事至少可以追溯到 1476 年。

这就达到了我们的第一个目的：理解莎士比亚版的故事为何能变得如此出众。通过对两段节选进行比较，以及对莎士比亚的写作手法——如意象、情感和诗句的运用等进行梳理，就不难理解其版本闻名遐迩的原因。明确这些写作手法的作用能让学生为第二个目的做好准备：他们将要借助这些手法，写一篇处于同样场景下的当代版本的故事。

接下来的 10 分钟里，学生将利用布洛克的诗歌和莎士比亚的戏剧作为资源，创作自己的场景，如以闹剧或悲剧收场的散文或诗歌等。之后，大声朗读这些作品，亲自践行朗诵故事的传统，以及一种在莎士比亚时期之前就存在的写作训练模式——这种训练已持续了近四百年，至今依然存在。

目 的

本练习的首要目的在于：运用历史资源，并进行实践性的技能拓展，教授学生如何着手创作自己的作品。它也提醒学生留意一种创作方法，即借鉴和摘录前人的作品。

另一方面大家会感到，与蒙田和莎士比亚一同写作非常鼓舞人心。忽然之间，这些不朽的著作不再是文学史上令人难以企及的永久丰碑，仿佛非人间可有；相反，学生会将它们看作是一种专门化写作训练的结果——而他们也可以使用或调整这些训练以实现自己的目标。

作者自介

埃里克·勒梅（Eric LeMay）

我的全名叫埃里克·查尔斯·勒梅，我的中间名是以我祖父的名字命名的。我居住在美国俄亥俄州雅典县的一个小镇上，这个小镇坐落在阿巴拉契亚山脉脚下。我进行非虚构作品和诗歌创作。详细请见我的个人主页：http：// www. ericlemay. org。我向大家推荐丁提·W·摩尔所著的《打造个人随笔：非虚构文学写作与出版指南》。如果你想了解奶酪，可以问我——我写过一本关于奶酪的书。如果我不告诉你，你永远不会知道，比起书里描写的事物，我现在开始更加喜欢真实的东西。

28

土、空气、火和水：
一堂创作与表演并重的工作坊课

引　言

我们当中有大部分人认为天气会影响我们的心境，但是对土、空气、火、水这四种元素巨大潜能的挖掘，可以为我们的写作注入活力——这一条对于最富有经验的作者也一样有效。人类与自然的互动是我们生活的中心，有史以来，这四种元素为作家和艺术家们提供了许许多多的灵感。

我设计本练习的目的是想让大学生们组建写作团队进行创作和表演，而在此之前，我已经成功将这一方式应用到了职业作家群体当中。对于一个刚刚组建的团队来说，这种方式对建构一种健康的群体互动十分有益。利用四种元素中的任何一种来写作，都可以让学生的作品更加生动，同时，集体表演还可以增加学生的自信心。

练 习

♣ 引入

我通常以这样一种方式引入课堂教学，即让学生去思考四种元素在任何小说、诗歌或戏剧中起到的加剧情节变化或格外影响主人公生活的作用。我举的大都是一些著名的作品，如艾米莉·勃朗特的《呼啸山庄》或乔治·艾略特的《佛洛斯河上的磨坊》，再到J. G. 巴拉德的《干渴》，等等。随后我们会针对这些例子进行讨论。另外，可以从网络上下载一些流水、风以及火焰燃烧声的音效文件，并在课堂上播放，作为辅助。

需要准备一些大的纸张或者几卷白纸，以及颜色充足的水笔，作为备用。

♣ 阶段1

给每个学生分配土、空气、火、水四种元素中的任意一个。要求他们写出关于所分配元素的一系列联想：或是关于该元素的某种性能的，或是关于某种形态的，又或是一组关于该元素的动词的。我会单独留给这个热身环节几分钟的时间。

♣ 阶段2

学生按照他们各自分配到的元素进行写作，描述当火遇上水或风遇上土时会发生什么。对于这个练习，几分钟应该就足够了。

♣ 阶段3

接下来，要求学生使用前面联想表里的部分词汇，将它们扩充成一个句子，这个句子要以他们所代表的元素的口吻来写，描述出这种元素的力量所能起到的某种作用。（例如：我是空气，在怒吼中将北风吹向山谷，鞭笞着房屋，摇动着窗棂。）

表演

要求所有学生起立，尽可能大声地读出他们写的句子，按照他们所希望的那样互相比拼声音：要么激情昂扬，要么矜持内敛。他们可以选择将任意元素组合成一组进行朗读：所有水的声音，所有风的声音，等等。初次朗读的时候，他们常常会拒绝这么做，因此掌声是必需的。要是遇到一个比较腼腆的小组，教师的参与会帮助他们将活动进行下去。初次练习之后，大部分学生都会比较兴奋，热身活动也差不多了，接下来就该准备进行更进一步的合作了。

在这一阶段，进行一些讨论是必要的，因为这能够加深协作，另外也能够了解学生们的想象力将他们带到了哪里。

分组写作与表演

将学生按四人一组分开，每个组里都要包含全部四种元素。如果有学生想跟其他学生交换元素的话，可以在此阶段进行。他们需要借助所分配到的元素共同努力，创作一首诗歌或者一首合唱曲目，因此，给学生提供一些合作方面的建议是非常有用的。可以包括以下内容：

首先是要确定重点和表演计划。

是每个人各自展示自己的创作，还是像歌剧里那样，形成一个合唱式的展示，互相表达并彼此回应？

在每个人写出各自的诗行之后，是否要用叠句或合唱的形式组合在一起?

每个小组有15～20分钟的写作时间，包括要为他们共同完成的作品做好展示准备。

另外安排每个小组至少10分钟的时间来展示作品，并且要和其他作为观众的同学进行讨论。

目 的

模拟这些元素的运行并探究它们之间的关联能让学生放下手中的笔，激发他们自由思考，因为学生在任何令他们开心的方面都能够集中注意力。这种方式会不断地带来有趣且流畅的作品，此外，本练习尤其适用于一个课程的开始阶段。如果课程总共有十次的话，学生可以更长时间地享受这种练习带来的益处。在那些他们感觉自己可以掌握，但之前却没有思考过的主题上，学生通常会表现出更大的信心和更多的勇气。在工作坊课上建立起来的合作机制也可能会延伸到其他系列的课程，这个过程足够参与者创作出一首长篇表演诗。

对于教师而言，这些练习还为他提供了一个方便观察学生如何进行互动的机会，并且了解每个小组是怎样结合在一起的。在工作坊课上，能听到其他小组成员的声音是非常令人振奋的，这可以在很大程度上帮助学生们建立起一个相互信任的团队。在这种教学情境之中，学生对读出他们的作品、表达他们的观点会拥有更多自信。

作者自介

丽莎·萨姆森（Lisa Samson）

我的名字是丽莎·萨姆森。我是在受洗时获得这个名字的，当时有一位乡下妇女正要为她即将出世的孩子取名叫丽莎，但最后她却生了一个男孩，所以我妈妈就借用了这个名字给我。我住在北约克郡，进行小说和非虚构类作品的创作，在我的作品里，风景扮演着重要角色。我向大家推荐泰德·休斯所著的《正在创造中的诗歌》。如果你想了解关于烹饪意大利菜肴或在约克郡徒步旅行的信息，可以问我，但在物理或是园艺方面，我却爱莫能助。如果我不告诉你，你永远不会知道，我还能讲一口流利的意大利语。

29

包装礼物：一个创造诗歌的协作游戏

引　言

本练习以其自身的复合性适用于不同层次的人群——从成人到儿童——不过低龄参与者需要至少可以写出自己的想法，因为最后提交书面文字是游戏的一部分要求。通过从那些有经验的作者和已经成为创意写作文化一分子的参与者那里获得的精妙回应，本练习能够迅速且有效地为那些缺乏自信的作者提供一些新鲜创意。由于互动是在每两个人之间展开的，所以本练习可以应用于任意规模的小组。每个小组的成果就是一首短诗，这很容易进行分享。最终作品的品质往往超乎每个人的想象。每位参与者都会有一种创造者的自豪感，而诗歌本身也会获得属于它们自己的生命力。

除了纸笔，本练习还需要一些可以传递的零散的纸片。写作限时 15 分钟；导入的时间可以灵活处理，要使用实例；收尾时，用同样的方式进行分享。

练　习

带我们进入状态

正如在大多数写作练习中一样，教师的工作首先是营造一种氛围，毫无例外，本练习也同样需要激发参与者的参与冲动。一首诗歌在创意上就像是一件礼物——或是为了心爱的人，或是为了某人的生日，总之是我们流行文化的一部分——想想在任意一家礼品商店寻找生日贺卡或情人节礼物时的状态就能一目了然。同时也可介绍一下诗歌创作的历史，并唤起复杂的情感。像爱德华·托马斯的诗《和你在一起，海伦》，或者是卡罗·安·达菲的《情人》，都是我经常向学生推荐的作品。

我发现讨论“惊喜”的性质非常有用——并不是每个人都喜欢“惊喜”，甚至有一些“惊喜”是不受欢迎的，但是令人出乎意料的是，那些给予诗歌生命力的“惊喜”不在此列。在课堂上，小组练习能够帮助学生们创造出一些小小的奇迹和“惊喜”。

所有的合作都是一种信任游戏。作为教师，制造一种嬉戏的氛围是至关重要的，同时要承认现实生活中的真实情感往往十分脆弱。这时，不妨使用一个抚育子女的比喻：每一位参与者自己的想法都“离家出走”了；其中的乐趣就在于看看它们将来会长成什么模样。

开始写作

让每个学生去想一个现实中能激发其强烈情感反应的人：无论好的，坏的，或者叫人觉得情绪复杂的。这个练习对于描述那些难以用言语表达的情感可谓最适合不过，因此教师要提前说明，没有人会要求他们说出正在想的人的名字或者引发他们这种情感的原因，这一点很重要。我经常会提前向学生说明：这仅仅是一个起点；诗歌从这里开始，但是很可能会经历一场变化。

在整体创意上，要为这首诗设定一个情感表白的机缘，作者要利用这个机缘给自己所念之人一件唯有用语言才能幻化出来的礼物。然后要求学生按照以下步骤进行，每两人一组。

写出一个单词或短语，以我想给你……开头。

例如：……整个地球

或者：……一个贴身的出口

现在把这张纸递给搭档。在这个阶段，不允许相互讨论。

当收到搭档递来的诗句时，他们的工作是对其进行充实，通过增加一些出乎意料的细节以组成第二行诗，并让它变得更加引人注目。

例如：……整个地球

被一条长长的粉色丝带绑住

或者：……一个贴身的出口

无论你掉入什么陷阱都能随时溜走

现在再次交换，但仍然不能讨论。这种对诗歌进展毫不知情的“惊喜”正是有趣的部分。

一旦学生再次拿到一开始时的那张纸，下一步就是，增加两三句诗上去。这时候，要提醒学生可以使用多种方法给诗歌结尾——一句妙语、一个笑话、一个脑筋急转弯或者是一个开放性的令人难以忘怀的形象。

例如：……整个地球

被一条长长的粉色丝带绑住

仿佛早晨赤色的天空，牧羊人的警告——

雷阵雨就要来了

或者：……一个贴身的出口

无论你掉入什么陷阱都能随时溜走

正如你说你要给我的一样
那么，就随你的便吧——
来吧，接住！

分享

练习的最终效果取决于小组的规模、时间和具体情况。诗歌可由开篇的作者为全班朗读，朗读的同时对自己的搭档表示谢意，或者也可以贴到布告栏上供大家欣赏，还可以让学生挑出其中一篇最令人惊喜而且比较合适的作品在小组间进行传阅，然后再读给整个班级听。另外，也可以以匿名的方式进行，这就显得被读出的诗歌并非“获胜者”，而只是代表了部分小组的共识。

目　的

本练习可以建立小组成员之间的互信，尤其是对于新组建的团体。参与其中的搭档往往很享受观察彼此是如何进行合作的。例如：是跟随已成形的诗句的脚步前行，还是颠覆或调侃它们，抑或是提出新的挑战；当然有的小组成员也有可能比较倾向于日常的真实或幻觉的呈现。

在克服了开局的障碍之后，这一练习也将促成第一篇诗歌在写作课（或写作日/写作周末）的诞生。

最后，本练习还有助于提出一些关于诗歌的基本思考：

1. 一首诗可能会以作者在开始时并未料到的形式展开，并最终达到一种令作者满意且开心的效果。

2. 在进行回应时，某种意外的发生或者偶得可能会激发作者的奇思妙想。

3. 诗歌的力量和创意往往在于，它们有能力将那些表面上看起来似乎毫不相干的元素连接成一个有机的情感整体。

无论我们愿意与否，我们所创作的每一首诗都会“离家出走”，它往往会被它的读者加以创造性的解释。这个练习游戏向学生展示了整个活动的过程——当然由于作者会依次做出回应，所以它不会“失控”，而只是形成了一次创造的机会。

作者自介

菲利普·格罗斯（Philip Gross）

菲利普·格罗斯这个名字暗示了在父亲的家乡，爱沙尼亚，那极其不稳定的工作、战争和移民。诗歌是他的心灵家园，他的诗歌给年轻人的小说注入活力，同时也给不同类型的戏剧提供原料，详见 www.philipgross.co.uk。他向大家推荐西莉亚·亨特和菲奥娜·辛普森所著的《写作：自我与反省》。如果你很诧异为什么他使用第三人称来进行自我介绍，那是因为他想跳出自己，就像在一座山顶或是在贵格会（Quaker meeting）的祈祷会上，这样会使他更加地成为他自己。

30

写你知道的：将日常经历写成小说

引　言

创作小说最重要也是最常用的方法就是利用自己的亲身经历和观察到的事物，以及自己对世界的看法来写作。“写你知道的”这个要求看起来很简单，做起来却并不容易。尤其是对于初涉写作的人来说，结合自己的经历，并将观察到的事物创作成文章，并非一项那么简单或易于操作的活动。不过，本练习采用的是一些与自传体写作相关的手法，这将有助于学生在进入创作时，使之在小说范畴内更加清晰地展开。

本练习首先展示了我们如何利用自己的记忆、感官和视角来创造素材，以及如何通过富有创造力的文学想象去提升素材。另外本练习还说明了，写作者要留心细节、注意记录，以便在后面的创意写作中加以利用。

练　习

本练习最好利用两次面对面的课堂教学来完成，当然，以下为学生提供的指导也很容易被调整后用于网上指导或网络教学当中。

阶段 1

让学生闭上眼睛，回想他们从家出发一路到这里上课的全过程。询问他们的路线、路上看到的人或有交流的人、选用的交通方式、感兴趣的路标或街头公共设施。简而言之，就是要他们回忆所有他们注意到的或印象深刻的事物。这些事物不必多么特别或与众不同，哪怕是路上那些平凡的、琐碎的、普通的东西也值得留心。

阶段 2

当他们认为素材回想得足够的时候就可以睁开眼睛，写出他们想到的细节。这个环节他们要以笔记、列表或提示语的形式快速写下来。

阶段 3

等到笔记完成后，要求学生将笔记扩展为一篇探寻自己一路所思所感的文章。很显然，第一人称叙事是这一练习有效的视角。

如果共有两次课堂教学，那么第一次课到这里就结束了，阶段 4 将被布置为家庭作业。

阶段 4

下次再来上课的路上，学生要尽量多做笔记。显然乘汽车或坐火车比较方便做笔记，若是开车或步行的话，要尽量等到安全的时候再说，那样的话，他们可能会发现有支录音笔会方便很多。

阶段 5

第二次上课时，为了写出细节更加丰富的段落，要求学生结合阶段 3 的成果，再加上阶段 4 的新发现进行进一步创作。

随着文章内容和结构更加深入，这个阶段要鼓励学生们在创作中加入自己的想象。将这篇文章作为一个新起点，由此可以适当偏离自己实际的耳闻目睹或现实经历进行再创作。

究竟怎么做还要取决于他们自己，比如拓展偶然听到的对话，在脑海中构建他们看到或接触陌生人的情况，想象他们的身份以及想法。

练习的最后一步是让学生探寻和讨论自己文章的细节，特别是在应用了路上所记笔记后的文章改观程度，这是一个有趣的过程。你还可以邀请学生朗读他们的初稿、笔记或文章中的片段，最后再鼓励他们抽时间写一篇对整个过程的回溯。

修改练习

还可以通过变换场景或环境来重复本练习。让学生以自己的感知作为出发点去创造材料，这样，他们将材料再次组合成完整文章的能力就会有所增强。比如，学生不必再依赖路上的回忆。你可以要求他们回想不同地点、不同时间发生的事件：学校的教室、工作中认识的人、听到某首歌或观看某部电影的感受。总而言之，要让学生通过唤起记忆和拓展观察面的方式，投身于为其创造力和想象力奠定基础的建构过程。

目 的

本练习的首要目的是展示真实的生活场景如何成为小说中的场景和情境。在这些场景和情境中，想象力被插上文学和自由的翅膀。要锻炼想象力，就必须给它以发展和繁盛的空间和机会。通过拥抱真实生活来创作文章，学生可以进而强化自己的风格、语气和控制力。

作者自介

M. Y. 阿拉姆（M. Y. Alam）

我叫 M. Y. 阿拉姆。我创作长篇小说和短篇小说，详见我的主页 http：//www. route-online. com/authors/m-y-alam. html。我还是一名社会研究人员，从事社会凝聚力、种族关系和大众媒体研究。我推荐大家阅读斯蒂芬·金的《写作这回事：创作生涯回忆录》。不写作的时候，我喜欢看电影和阅读，我还喜欢运动，特别是羽毛球和足球。如果你想了解大众文化或身份政治方面的信息，可以找我，但在护发用品方面我却爱莫能助。如果我不告诉你，你永远不会知道，我还经营过一家斯诺克俱乐部。

31

架构完美的短篇小说：

如何创造饱满的故事情节

引　言

我一直认为，短篇小说和诗歌所拥有的共同点比它和长篇小说的共同点更多，它们都应该是一种聚焦于某个主要话题的完整经验。这么多年来我发现，一部优秀的短篇小说之所以能从一般作品中脱颖而出，关键在于其紧凑的结构和强烈的戏剧性，从而让读者得以从主人公的经历中看到一个完整的、令人满意的故事。

要知道，在大多数成人作品里，单纯的身体行为并不足以构造这样的情节弧线。一名士兵被要求向某人开枪，于是他执行了命令，这作为一个情节并不充分；一名士兵因幼时亲眼目睹了父亲被人枪杀，因此害怕开枪，但是在战场上，他克服了恐惧并执行了任务，这才是一个像样的情节。

练习

此练习的设计是为了帮助学习写作的人懂得以关键事件开始，进而制造事件中的矛盾冲突，然后解决矛盾，并最终创作出完美的短篇小说。

准备工作

要求学生构思一个故事梗概，或者也可以选择重写以前写过但不太满意的故事。此环节对网络教学或者面对面教学均适用。接下来，要求学生完成以下三个简单的环节——你可以一步一步地引导，也可以用讲义的形式一次给齐：

1. 用一句话写出故事内容。如“雅基十六岁了，希望更加独立，而不是被母亲过分保护”。

2. 通过这句话，学生就会明白这个故事想要表达的是情感问题。在这个例子中，是一种对强加的规则的不满。

3. 下一个任务是决定以怎样的视角来写这个故事，并且确保这个视角能最好地呈现故事的发展线索。拿前面举的例子来说，就要以雅基的视角来写，因为她才是那个感到恼火的人，而若以她母亲的视角来写这个故事，就会显得很被动。

主要内容

现在，让学生描绘出他们的故事线索，并且一定要瞄准上述三个关键点：

1. 故事从何处开始：此处应当是情感问题濒临紧急关头的时刻。

2. 如何制造故事的矛盾：这将构成故事的主体部分，而且也是故事中至关重要的部分，学生要清楚地知道，此处必须确保叙述的紧凑、快速，从而将读者的注意力牢牢抓住。

3. 如何解决问题：结局不一定非得皆大欢喜，也没必要串起所有线索，但主角在故事中必须继续前行，否则读者花费自己宝贵的时间来读这篇小说是为了什么？

给学生提供一份材料将有助于他们进一步明确以上内容，下面是我的示例：

故事从何处开始

比如雅基要去参加一个派对，并告诉母亲比她年长的男友会在凌晨一点送她回来，母亲对此很不满意。对于母亲的不信任，雅基很生气。

如何制造故事的矛盾

雅基向母亲妥协午夜十二点回家，但是男友劝她反抗母亲，再多待一个小时，可到了时间雅基发现男友仍不愿离去。派对变得混乱不堪，她十分害怕，想要回家，但却做不了主。她需要母亲的帮助！

如何解决问题

雅基打电话给母亲，母亲匆忙赶到并把她带了出来。母亲不仅没有批评她，反而非常通情达理。母女达成一致，要一起努力，让雅基逐步成长。虽然那些规矩照样存在，但是雅基不再怨愤了。

目　的

学生应当以一篇强有力的短篇小说架构完成收尾工作。要鼓励学生确保故事中的问题涉及情感，其中，某些事情可以因小说人物有所改变。还要确保有些问题自始至终都维持原状，不要有任何变化，这一点同样至关重要。比如在我的例子中，也可以去写雅基开始讨厌她的男朋友，这当然有理由发生，但是却不可以作为故事最核心的结果。一旦这些支撑性的架构安排到位，学生就可以开始创作完整的故事了。

作者自介

乔安娜·邦登（Joanna Barnden）

我叫乔安娜·邦登，朋友都叫我乔（Jo），爸爸则叫我橙汁（Oj）[①]。我进行短篇小说、连载小说和长篇小说创作，详情可见我的个人网站：www.joannabarnden.co.uk。不写作时，只要孩子们需要，我就会给他们读故事听，有空时我还会遛狗，如果孩子不在身边我就去旅行。如果你想对女性杂志有所了解，可以问我，但在去哪儿的问题上，我却爱莫能助。如果我不说，你永远不会知道，我曾两次获得过亨利划船赛（Henley Regatta）的金牌。

① 指Orange Juice，由橙汁的首字母组成。

32

动手操练实验剧：舞台艺术的制作与导演

引　言

多数学生已经看过数不清的电视情景喜剧和好莱坞大片，但对戏剧的接触则相对较少。即使有天赋的学生都热衷于上戏院，他们也很有可能多半是去看主流的音乐剧，或莎士比亚、亚瑟·米勒或尼尔·西蒙等人的现实主义戏剧。当学生自己创作剧本时，他们不知不觉中所遵循的，往往是那些熟悉的作品所带来的创作惯例。如果学生想利用好这种种的戏剧惯例，却又不被它们所左右，那么去了解传统戏剧的庞大谱系和舞台表演的各种形式就是一件必不可少的事情了。一个传授剧本创作的教师可以通过许多方式帮助学生认识各种各样的传统戏剧，如仔细研究那些导致不同创作惯例的具体历史语境，吸收那些使用了陌生传统戏剧的实践，并允许学生去导演实验短剧及其同学的剧本。

练 习

进行剧本创作教学的教师不能仅仅满足于阅读和文本分析，甚至一成不变。要知道，有很多鲜为人知的传统戏剧是无法通过剧本传承的，如歌剧、哑剧、即兴表演、化装舞会、木偶戏和即兴喜剧，以及某些非西方的戏剧形式，如歌舞伎、能剧、巴厘岛的影子戏或梵语戏剧。这些传统戏剧需要对肢体语言、手势、仪式、打闹、音乐、时序、面具、木偶和服装具备充分理解，而对于任何正在成长中的剧作家来说，这些知识都是至关重要的。当上述戏剧形式被引入时，甚至只是一小段演出视频，也足以对学生的戏剧领悟力产生深远影响。由于其他国家和地区的戏剧模式会颠覆新生剧作家对于戏剧的诸多预设标准，因此，将一种传统戏剧置于其历史背景之内，并且去讨论内化于这一表演模式的文化力量，必将有助于对该剧种的独特模式进行更为全面的了解和鉴别。

教师应当帮助学生去理解新的戏剧形式并挑战其原有的戏剧观念，带领学生投身各种实践活动，尤其要懂得利用具体的舞台表现。在书面剧本完成之前，让学生先即兴创作人物角色、制作演出面具和木偶、编排舞蹈、设计一出闹剧或谱写一支曲子。选择与你所进行的传统戏剧调研相匹配的实践活动，因为在接触陌生类型的戏剧方面，学生往往会受益于知识的深度而非广度。

在布置学生创作脚本时，我更愿意他们能从某个或多个他们已经制作出来的道具开始，而不是直接进入人物对话。围绕舞台表演来创作剧本将会容纳更多的可能性，而通过为已经完成的剧本提供排演机会，这种动态的剧本创作还将得到进一步的鼓励。

排演剧本

在课堂上，应当允许学生尝试导演一些实验短剧，这将对其深入体悟戏剧构成大有好处。许多开始时反对实验剧的学生，一旦有了导演一部作品的经历后，最终都会变得想要理解戏剧的风格和技术。我发现，允许学生直接导演一部微型戏剧——比如从塞缪尔·贝克特的《短篇剧作集》或苏珊-洛丽·帕克斯的《365天/365个剧本》中选一两页去排演，就可以帮助他们理解语言同种种戏剧概念——如场景、肢体动作和服装——的连接方式。尽管你不能总带学生去剧场看演出，但你可以把剧场搬到教室里来。

那些能够导演或演出剧本而非仅仅阅读剧本的学生，将学习到各种从剧本通向剧场的方式，这在阐释实验戏剧的意义方面尤为重要。在小班教学中，我会让学生轮流担任演员和导演的角色；而在大班教学中（或者由于时间有限），我会让一部分学生来充当导演，其余学生则充当演员。通常情况下，我选择的戏剧都足够短，可以在一节课的时间内排演完毕。

如果条件允许我投入超过一节课的时间去排演，我将邀请少量观众前来，他们主要由别的班级的同学、本班学生的朋友和家人以及教学管理人员组成。学习创意写作的学生以前没有过导演或表演经验，因此不可避免地会遇到种种麻烦，但我认为，关键并不在于产生多少高质量的戏剧，而在于学生能够由此获得有关舞台艺术方面的全新视角，并借此创造自己的剧本。

在传统的工作坊式教学当中，有一种方法便是让学生去导演自己同学的作品。倘若时间有限，不允许处理太长的作品，那么不妨选择即兴表演，并让每个学生都在其中承担不同职责，这也将是非常有用的。无论如何，哪怕只让一个班级进行课堂排演（或者作为家庭作业去完成），学生剧作家们也会从中看出作品的某种潜力或缺陷。

有时候，只有少数学生的剧本能获得排演机会，所以要尽量选择一些设置了多种舞台角色的剧本，以便照顾班上的其他同学。表演结束后，我会启动一个“对谈机制”，即鼓励演员、导演、剧作家和观众进行圆桌对话。这一机制的重要性在于，通过对演出过程的集体讨论，每位学生剧作家都有机会知道如何去进一步完善自己的剧本。

目　的

导演作品是一项阐释性活动，执导一部短剧或极简主义作品的实践经历可以对学生构想剧本表演效果的能力产生深远影响，包括对其作为一个创造性作者通向舞台的能力产生深远影响。

通过从增强演出效果的具体道具到进入程序，学生会对如何在剧本中把动作、仪式、歌曲、场景、灯光、服装和音效等重要戏剧元素融合起来更加敏感。此外，通过让学生熟悉前卫或另类的戏剧，以及非西方传统戏剧，他们就不会把部分现代戏剧形式或电影、电视的惯用手法看做是理所当然的东西。

在课堂上演出学生自己的剧本将有助于他们在头脑中把作品同舞台对接起来思考，也便于他们真实地看到作品的实际效果。通过亲身实践和排演另类戏剧，甚至以往那些更喜欢创作写实作品的学生，也会开始学习创作主流之外的戏剧作品了。

作者自介

威尔·科代罗（Will Cordeiro）

我叫威尔·科代罗。我原本叫比利·乔·布什，后来改名为威廉·约瑟夫·科代罗。我目前住在纽约州“美轮美奂”的绮色佳，这里有数条瀑布环绕。我创作诗歌、散文和剧本，同时涉足其他文类。我建议你看大卫·马梅的《匕首的三种用途：戏剧的性质和功能》。如果你需要布鲁克林的相关信息，可以问我，但在修理（甚至驾驶）汽车方面，我可帮不上什么忙。如果我不告诉你，你永远不会知道，我曾经种过的一种南瓜还得过奖呢。

33

探究多重视角：书写扣人心弦的故事

引　言

从多个视角去探索和开展叙述是一条能为故事增添智慧与活力的有效途径。

有许多方法可以帮我们做到这一点，比如一个简单的故事，如果通过一系列不时发生冲突的第一人称来讲述，就可以让每个人物的观点都得以展示，就像芭芭拉·金索沃的《毒木圣经》，或者像艾丽·史密斯的《意外》那样。当然，第三人称叙事也一样可以激发大家的阅读兴致，因为它可以深入呈现各个人物的私密情感和个人动机——包括极其难以引起的共鸣。

下面是两个简短练习，用以帮助创意写作班上的学生去想象和实践多重视角叙事。在练习中，学生既可以选择将这些视角统统用上，也可以专门去训练自己对笔下人物的深刻把握，进而讲述出一个丰富立体的故事。

练习一：一件事情，多个讲法

告知学生，故事中必须有两个以上的人物经历了同一件事情。既可以是对每位学生的个人叙事进程具有特殊功用的事件，也可以是教师为全班选定的某件事情，如婚礼、葬礼或分娩。一旦事件和角色确定下来，就开始计时。本练习的目的是要让学生自由发挥，但前提是他们必须用多个人物的视角去描述事件。每个人物视角的叙述控制在4分钟，随后各加2分钟的审读与休整。

一般情况下，我鼓励学生在练习中使用第一人称叙事，在某种意义上，第一人称是对人物最为切近的传达。通过具体的教学和写作实践，我还发现，一旦写作者为人物设定了人称，其他一切也就顺理成章了。不过，如果学生想用第三人称叙事，也同样可以。

当自由写作环节全部结束后，再给学生10分钟时间，好让他们在进入练习二之前对自己所写的作品作进一步审读和完善。

目的

本练习的目的在于，激发学生去探究如何通过构造一系列人物及其不同视角，从而将事情讲述得更加动人，更加富有创意和韵味。

练习二：对话

这一练习适用于多种场景，如打电话，互发电子邮件、书信、传真或者短信。对话应涉及练习一中提及的那些人物，并围绕练习一中的事情展开，但是这一次，人物要同他人进行直接互动，交流各自的体验。

在本练习环节我再次发现，自由写作在激发学生的创造力方面效果显著。此次练习的时间约 4 分钟，如果学生描述的是一次电话交谈，或者是一组短信，再或者是电子邮件或书信往来，那么至少要写半页纸左右的内容。

写作任务结束之后，学生还需要花点时间对作品进行提炼和编辑。教师还可以邀请学生把作品读给大家听，这样，此项训练就有了一个完美的收尾。

目的

经过本练习，学生可以了解和掌握如何让其笔下人物彼此互动和影响，呈现他们之间的相互关系、涌动的暗潮、沉默或紧张情绪。当学生将自己所揭示的人物关系运用到情节叙述中时，本练习也就有可能成为一种推动故事发展的催化剂。

作者自介

梅格·凡德莫维（Meg Vandermerwe）

我的名字是根据路易莎·梅·奥尔科特的《小妇人》中的大姐梅格取的，虽然我跟自己的同名人物并不怎么相像。我住在南非桌山的北坡。我创作短篇故事和小说，以及专栏和学术性非虚构作品，并在西开普大学执教。我向你推荐格雷丝·佩蕾的《重新开始：诗选》中的“责任篇”。倘若你想自制苹果酒，可以问我，不过在电动工具方面，我可是爱莫能助。如果我不告诉你，你永远不会知道，我还是一个动物语者（animal whisperer）。

34

评论文章写作教学

引　言

过去十年里，在创意写作领域，评论（critical reflective essay，缩写为 CRE）已经成为一种越来越受欢迎的文体。然而关于写什么、怎么写等种种问题，学生们甚至包括教师们未必十分清楚。

对学生而言，评论文章最具挑战性的一面是它的混合特征——一种可以使用第一人称“我”的学术文体，而这很可能是学生们在以前的学术写作中被明令禁止的。由于需要花费较多时间去理解和梳理该文体的基本概念，最好多开展几次教学，以便于学生有效拓展和巩固其所学知识。

练　习

本练习有三个组成部分，依次安排在整个课程（以 10 周为例）

的不同阶段。

阶段1（第1或第2周）

要求学生做工作日志，形式不限，每周500～800字。这份日志可以记录他们是如何为本教学模块着手创建自己的写作资料包的。要特别强调这些日志不会遭到教师的审查，它们只是为学生提供一份自我参照。不过在教学后期，可能还是需要将这些日志带到班上来。

阶段2（第7周）

课前准备

要求学生带一篇他们之前写的学术论文来，要选能代表其最高水准的，如毕业论文。如果你的学生尚未毕业，你可以为他们提供一个论文范本。当然，高年级的学生可能已经对各种学术论文的标准格式都比较熟悉了。

课堂教学

在课堂上，向学生展示一篇优秀的评论文章，并让他们花点时间仔细阅读。然后，让学生读一下自己带到班上来的学术论文。这两项任务完成后，每两个或几个人一组，分组讨论这两类文章的异同之处。由教师将书写板一分为二使用，“相同”、“不同”左右分列，然后让学生反馈其所认为的相似和差异之处，并写到书写板相应的标题下面。

对于“相同”之处，学生们通常会反映“格式化”，或者行文布局上显得陈腐：两者都是“开始、中间、结尾、参考书目和脚注”；“不同”层面则集中在评论文章中可以“使用第一人称”，“不拟定正式标题”，“专注于自己的思想”。

无论学生有什么样的见解，教师都应当鼓励他们对以下内容进行思考：

• 态度：体现在每种文体中的；

• 客观性：特别是在讨论自己的文章时，你能否以及怎样做到批评上的客观；

• 用途：涉及每种文体；

• 形式：涉及每种文体；

• 语言风格：体现在每种文体中的。

课程将近结束时，教师需要总结本次课所涉及的内容，然后让学生将书写板上所列举的异同点抄下来，下次上课时带上这份笔记。另外，让学生找一份以第一人称写就的作品片段，以备下次课使用。片段可以选自某本杂志，如其中“真人真事”或“个人回忆录”一类的文章，也可以选自某部传记，甚至是来自某位警方证人的证词——只要学生喜欢，并且满足第一人称叙事即可。

最后，不要忘记让学生在下次上课时把他们从课程伊始就持续在记的工作日志也带来。

阶段 3（第 8 周）

教师深入学生当中并询问他们都带来了些什么样的第一人称叙事作品。请学生自愿朗读他们带来的作品片段，每读完一个，让同学们就其用途谈一下理解。最后，让学生再次分组讨论，并深入思考各个作品片段的语言是怎样同大家所指出的用途发生关系的。接下来，请每组在全班分享他们的想法，并对某些细节加以举例说明。教师可以将部分内容记到书写板上。

现在，让学生拿出两样东西：一是上星期他们就评论文章与标准的学术文章的异同对比所记的笔记；二是他们的工作日志。让学生以小组形式讨论评论文章的用途，并将之与其工作日志的相关内容进行对照。鼓励学生从他们自己的工作日志中提取具体案例，借以阐明立场，并指明这一立场是如何与写作目的发生关联的，包括讨论写作的

“客观性”和“表达形式”问题。最后，请他们讨论语言问题——尤其是在工作日志中使用的语言究竟是“如何”以及“为何”不同于评论文章本身的语言的。

总结本次课所涉及的观点，然后让学生回顾阶段2和阶段3的教学要点，并基于他们为本课程建立写作资料包的经验，在接下来的一周尝试去撰写评论文章的初稿。

目 的

这个“三段组合式”训练的目的在于：通过考察评论文章与正规的学术论文的异同，帮助学生更加深入地了解评论文章“是什么”和“不是什么”。本练习还旨在引导学生去辨识自我反思与自我沉溺——在一个流行名人“忏悔录”的时代，这往往是一个不小的挑战。

作者自介

莎朗·诺瑞斯（Sharon Norris）

我的教名是莎朗·罗丝，出自我母亲那位已故姐姐最喜欢的一首赞美诗，但我父亲没有中间名，他认为我也应该只取一个，于是我的名字就成了“莎朗”。我推荐威廉·津瑟的《创造真实：回忆录的叙事技艺》。我创作非虚构作品。不写作时，我喜欢睡觉。如果你需要有关布克奖的信息可以问我，但请别问我数学问题。如果我不告诉你，你永远不会知道，我曾在盖尔音乐节上拔得过头筹，虽然我并不会讲盖尔语。

35

如何写一首烂诗

引 言

教学生“写烂诗”有两种目的：一是帮助课上的那些新手去放松并享受这一学习体验；二是给全班提供一种共同的语汇以方便大家讨论彼此的作品。

不用说，我希望我的学生最终能写出好诗。但为了最终能写好，可以允许他们在一开始犯一些错误。故意把诗写烂可以消除学生的压力，不妨享受这个过程。此外，明白了那些烂诗为什么烂之后，学生就可以信心满满确保这些弊病不会出现在他们的好诗中。

我会在整门课程一开始安排这一课，因为我希望学生在这堂课上写出他们的第一首诗。我发现这是非常有用的，尤其对那些从来没有完成过一首诗或从来没有参加过诗歌讨论的学生，还有那些虽然创作过诗歌，但却从未参加过诗歌研讨班或课程的学生。

练习准备

我列出了一个烂诗特点一览表。你可以对下面的列表进行修改，以便适应你的课堂。

烂诗的元素

错误的拼写

错误的语法

错误或混乱的用词

倒置

在一行诗里，有时只是为了使诗句押韵，才颠倒词语。例如：节日里吃他们/在破晓时分。

诗歌化用语

指仅仅追求形式化的诗歌语言。例如：远山是一座天堂。

过时的用语

一些语言听起来就像是来自中世纪。例如：阁下的头是阁下的/但阁下的心是我的。

陈词滥调

被过度使用的短语和单词。例如："你在我心里"和"爱情是盲目的"。

情报式的语言

动词的被动式

指借助"被"来表述的动词。例如："火被消防队员扑灭"是被动语态；"消防队员扑灭了火"是主动语态。

过度使用副词和形容词

1. 为修饰单个名词或动词而使用多个副词或形容词。

例如：高大、金发、笨拙的男孩。

2. 使用副词或形容词来修饰一个表现力不强的名词或动词。

例如："快跑"就不如表现力更强的动词如"猛冲"或"飞奔"好；"公猫"就不如更显眼的名词如"汤姆"[①] 好。

使用抽象而非具体的名词

例如："天堂"、"死亡"和"自由"是抽象的；"桌子"、"人"和"牛"是具体的。

无病呻吟

进入练习

我会告诉学生们，他们即将创作出令人难以置信的烂诗，他们的创作目的就是要让这些诗烂透、糟透。然后我向他们保证，他们不必与班上其他学员分享他们的诗，除非他们自己愿意。

当我们讨论上面这个烂诗特点一览表时，我会特别提醒学生注意，这张列表中的一些元素，在为达到某种特定效果而有意且贯穿全诗使用的情况下，有时也可以成为一首好诗的一部分。然而，要是这些元素更多地是被粗心或无意识地使用，那就是一首烂诗产生的原因。根据可用的时间和学生的需要，我会结合具体的教学内容、分步骤地对这些糟糕的特点进行讨论。例如，当讨论具体和抽象名词时，我在黑板的一边写上"抽象"，而在另一边写上"具体"。然后请学生

① 美国著名动画《猫和老鼠》（*Tom and Jerry*）中的公猫名叫汤姆。之所以说这是一个更显眼的名词在于"汤姆"的形象众人皆知。

上前来，在相应的位置写出一个名词，或在两个条目下各写出一个名词——如果必要的话。这就能够引发一个有关为什么在诗歌里最好避免使用抽象名词的讨论。

一旦讨论完一览表上的糟糕特点，我会给学生 10 分钟的时间写一首诗，要求尽可能多地使用我们所讨论的元素。当学生写完诗之后，我号召他们在班级里朗读这些诗歌，并允许，只要他们愿意，可以立刻把这些烂诗丢进垃圾桶。大多数学生选择当众朗读这些诗，甚至那些一开始不愿意的学生后来也常常把他们的诗从垃圾桶里捡回来，让同学们瞧瞧他们的诗写得有多烂，然后大家乐上一番。在每个愿意分享的同学都念完之后，我们才正式把这些写有烂诗的稿纸揉成一团丢进垃圾桶。

本练习的长度可以根据学生的年龄和能力水平而定。两课时以上的练习可以取得很好的效果。

讲义可以用黑板上的列表来代替。不过，提前分发讲义确实可以节省学生做笔记的时间。

目　的

当学生们彼此鼓励努力去写烂诗的时候，这的确可以促成一种激励的氛围。当诗歌在大笑声中被朗读的时候，学生们也变得更为放松。这种相互鼓励的气氛应当被延续到课程的后半段，即学生们开始评论彼此的创作的时候。这个练习还有助于学生找到一个评论落脚点，因为他们已经有了一个诗歌创作技巧方面的一览表——即使是烂诗特点一览表。在朗读之前，他们可以依据这份一览表来比照自己的诗，从而减少错误。当学生们在创作中步入语法或诗意表达方面的误区时，我鼓励他们把这一发现加入一览表。

对于那些因为追求完美或是因为害怕同学们的反应而抗拒分享的

学生，通过这样的练习，也常常开始自愿地朗读他们的烂诗了。这将有助于他们建立一种更加舒适的分享氛围，从而激励他们在之后的课程中再次参与朗读。一旦整个班级建立起一种共同的语言，在后续的课程中，就可以在技术层面少花一些时间，而在真正关涉诗歌表现力的元素上花更多的时间。

作者自介

艾林·尼克尔斯（Allene Nichols）

我的全名是艾林·拉斯穆森·尼克尔斯。“艾林”的发音有点儿像“艾伦”，但是有一个长“e”。我住在得克萨斯州的达拉斯，那里有举世无双的穿着美国足球服的牛仔。我写诗和戏剧。我推荐伯顿·拉夫尔的《如何读诗》。当我不写作的时候，我喜欢摄影和园艺。如果你想得到有关天才和特殊学生教育方面的信息，可以问我，但是在时尚和购物方面，我可帮不了你什么。如果我不告诉你，你永远不会知道，我曾经是一名计算机程序员。

36

关注隐含意义：诗歌语言的效能与启示

引　言

在创意写作教学中，尽管诗歌作品的许多方面都会被谈及，可是根据我的经验，人们对隐含意义的关注大多是在讨论韵律、节奏、形式等等时“顺便”进行的。其实诗人们遣词造句之时，其笔端言语往往包含着各种特殊内涵和语义关联，这当中既有诗人从其个人生命体验所带入的，也有阅读它们的每一位读者所贡献的。在初次创作时，诗人可能不会想到他们所写的每个词语的全部内涵，但是在修改过程中，有时重新考虑某些词语的意蕴是非常必要的。它可以丰富诗歌的表达层次，而避免停留在某种单一的语义上。

本练习聚焦于探讨作品和语言的隐含意义，这一探讨要优先于涉及其他诗歌元素——如隐喻、头韵、半韵、音律和节奏等——的练习之前。在关注文本隐含意义的重要性方面，本练习可谓提供了一些颇具操作性的方法——充分展示了社会文化和生命个体意义的复杂关联与深远影响。

练 习

阶段1：集体练习

即使在非常随意的交流当中，人们有时也会将某些事情理解成跟说话人或作者的本意截然不同的东西，那么反过来看，人们也会发现，自己所说的话也往往被理解成别的意思。通过讨论这一语言现象，我向学生阐明，本项练习的目的在于帮助他们去探讨这一现象背后的深意，进而更多地了解语言在诗歌中的运用。

我让学生设想一个感情色彩不那么强烈的词语作为例子，例如“自行车”。学生们首先想到的，往往是自行车的外观、型号、工作原理、历史性等概况。

随后，我会激发学生去回想自己与自行车相关的体验：比如他们的第一辆自行车；他们是什么时候开始学骑自行车的；如果不曾有过自行车，又是出于什么原因；他们喜不喜欢自行车，喜欢到什么程度。我还会问学生，在使用各种自行车的全称和缩写方面，有何偏好或感想。

这样一来，学生们就会记起一些与自行车相关的人和事，并展开相应讨论，直到引发某些特别的情感。有时我会提示学生，要抓住那些他们隐约触及到的情感，如兴奋、自由、有趣、恐惧，等等。

紧接着，以同样的方式再去讨论一个截然不同的词语，比如“青蛙”，先进行一般性地探讨，然后再带入个人体验。之所以要选用“青蛙”一词，是因为它可以引出大不一样的讨论，举例来说，学生们自然而然会想到捞蝌蚪，当然还有可能涉及童话故事。

♣ 阶段2：单独训练

将一张纸分成两栏，一栏以“一般性的”为标题，另一栏以“个人性的”为标题。我会向学生作出解释，第一栏指向更为广阔的社会文化，第二栏则涉及每个人特有的想法及其相关体验和个性。然后，我给学生五分钟时间，让他们逐一去思考我所提供的七个词语，并在两栏下分别写出他们从每个词语联想到的所有的隐含意义。

♣ 阶段3：集体训练

接下来，让学生逐一讨论这些词语，分享各自的想法。我要求他们一起讨论头脑中闪现的所有想法，例如：每个人感受的相同与不同(包括文化层面的)，一个词与另一个词的复杂变化，一代人与另一代人理解上的差异，等等。此项练习一直进行，直到我向学生透露这七个词语均来自一首特定的诗歌，并把它读给大家为止。我会询问他们之前是否知道或者读过这首诗，更主要的是，如今再来思索这首诗的隐含意义又会有什么样的不同。

选择诗歌

当我向学生解释所谓“隐含意义”就是指一个词或一个短语的语义联想或意义引申时，我得确保他们并不知道阶段2中所选单词是来自同一首诗，否则的话，他们在思考那几个词同其个人的独特关联方面就会受到干扰。

不管怎样，我之所以从某首诗歌里选择几个词语出来，主要是为了向学生说明一件事情：对一首诗的创作和阅读而言，实在是有太多的语义联想被带入了。被选中的这首诗必须是学生们曾经听说过或读过的作品，但又不是他们一用到该诗的语言就立刻能辨别出来的那种，比如像“老虎”、“燃烧”、“铁链”等典型词语。

我所挑选的可用诗歌有以下三首：

W. B. 叶芝的《茵梦湖》。推荐词语：蜜蜂、小屋、紫光、湖、人径、薄雾、翅膀；

狄兰·托马斯的《不要温和地走进那个良夜》。推荐词语：年纪、脆弱的、严肃的、顶点、流星、波浪、歌唱；

卡罗尔·安·达菲的《情人节》。推荐词语：可爱的、附着、暴烈的、悲恸、月亮、铂金、蜷缩。

后续练习或家庭作业

学生们被要求从这三组“七词系列”中选一个词作为题目或主题，写一首十二行诗。一旦完成了作品，学生们就应该去思考他们为自己的诗歌语言带入了什么，以及别人在阅读时又会联想到什么。下一次上课会集体讨论这一问题。

目　的

通过实战演练，本练习力图提升学生们对隐含意义及其效能的认识，并且相互讨论与分享彼此间的多重理解和不同想法。

作者自介

莱斯莉·伯特（Lesley Burt）

我的名字是母亲为我起的，理由很简单，只是因为她喜欢。不过这名字拼起来会有点小麻烦，要知道男名的写法是莱斯烈（Leslie），所以我很早就开始学习去拼写自己的名字。我写诗歌，它们大都被发表在杂志和网络上，还有我的一本名为《被构造与被并置》的书里。我向大家推荐露丝·帕德尔的《52种方法读一首诗》。如果你想要了解有关帮助学习障碍人士的社会工作信息，可以问我，但在体育和数学方面，我却爱莫能助。如果我不告诉你，你永远不会知道，我还经常做针织。

37

开启青少年文学写作中的“真实声音”

引　言

在写作中，一个极富挑战性的事情就是去发现“真实的声音”，特别是在创作青少年读物的时候。就青少年文学而言，我认为真实的声音就是一种能让青少年读者感同身受的东西，他们由此被深深吸引，而不是失掉兴趣。进行充分的调查研究是抵达真实声音的一种方法，它可以帮助作者走进一个十五岁少年的心灵世界，同时让青少年读者感觉到一种叙事的深度。这里的关键在于既要保证调研成果体现在作品当中，又不能显得格格不入。另外，作品里面要尽量避免出现愤青式的大肆宣泄，因为这会让青少年们远离作品，或者因此被误导。调研工作可以采取多种形式，包括开展实地观察和网上调研。网上调研可以访问各种类型的网站——从个人博客到政府网站，这样既保证有从民间随机获取的声音，又有从官方渠道获取的声音。

对于教学工作而言，由于不少学生自身仍然是孩子，这就为大家实现叙事的真实声音提出了一种额外的挑战。青少年群体的文化更新速度非常快，因此，尽管某些成年人依旧年轻，但和青少年们已经出现了“代沟”。本练习可谓是一个有效的针对性训练，它可以促使学生去考虑怎样创造出“真实的声音”以及如何去写一个让年轻读者心动的故事。与此同时，学生们还将考虑他们打算给这些年轻读者带来怎样的信息。

教师课前准备

1. 收集一些青少年精品杂志。这些杂志多数是针对女孩子的，所以如果能费心收集一些针对男孩子的杂志就更好了。仔细找找，将其中有趣的或有挑战性的部分剪下来，并把剪下来的碎片全部装进一个大信封里。

2. 复印几篇青少年文学范本，集中在青少年需要面对的问题或你希望讨论的问题上。由于学生的课堂阅读时间有限，因此要确保你提供的范本短小精悍。此外还应准备一些材料，用以讨论不该出现的主题，以及原因。

学生课前准备

提前让你的学生去做“青少年观察”，要特别提醒他们多留意青少年人群的独特习惯、语汇和彼此间的相互影响。最好不要局限在学生自己的圈子里，观察时一定要注意人身安全，因为如果有的学生年龄较大，在十几岁小孩出没的地方晃悠，他们会感到不舒服，同时也鼓励学生去看那些以青少年为受众的电视节目。

阅读与讨论

把范本节选发给学生，并给他们相对充裕的阅读时间。这个环节结束后，再让学生去讨论青少年文学是如何处理种种青少年问题的，以及被阅读的这篇范文是否具备我们所说的“真实的声音”。然后问问学生，他们对此是否会作不同处理？接下来就直接进入写作练习环节，在这一环节中，学生可以展示自己对某些问题的处理方式，并且通过实践去验证自己的做法是否有效。

写作练习

可以先在课堂上实施此项写作训练的一小部分，然后把其余部分留作家庭作业。课上开始的这段练习既可以是由每个学生独立完成的写作实践，也可以作为后面一周的课堂教学准备，同时也是给学生分配任务的基础。

把剪下来的杂志拿给学生看，给他们几分钟时间去浏览，然后让他们选择其中一个，将其作为自己作品的叙事起点——可以导向任何一种主题；或者也可将它作为自己的灵感核心，整个故事围绕它来展开。如果你希望学生进行一种更加随机、且有范围的选择，那就让他们从信封里自行取一份杂志素材。通过使用这些杂志素材，学生们就获得了一个针对青少年问题写作的机会。教师可以引导他们去思考如何完成自己的作品，以及自己想要带给读者怎样的信息。

给学生十五分钟的时间让他们写下初步构想，然后把它发展成一个连贯的故事。让所有学生或部分学生在班上朗读自己的作品，由师生对每一篇作品提出反馈意见。在这个教学阶段，反馈意见最好集中到学生处理叙事的成败上来。然后，大家一起讨论如何去进一步挖掘故事，以及有可能会遇到怎样的陷阱。

家庭作业方面，让学生根据自己的调研和观察去发展其在课堂上所写的故事——你可能想让学生讨论一下他们所能完成的调研成果。通过充分利用自己的调研材料，学生们旨在获得一种叙事上的真实声音，换句话说，学生们最终所创造出来的应当是那种能让青少年感同身受的声音，而非一味说教。

目 的

本练习的目的在于帮助学生提升其对青少年文学相关问题的认识和理解。让学生以作者的身份去创造自己“真实的声音”。本练习也有助于学生懂得调查研究和正确获得细节的重要性，特别是当他们面对某些青少年问题的时候。

作者自介

凡妮莎·哈贝尔（Vanessa Harbour）

我的名字叫凡妮莎，这是乔纳森·斯威夫特发明的，詹姆斯·乔伊斯在他的《芬尼根守灵夜》中也用过。我主要为七岁以上的青少年读者写作。我编辑的电子杂志可以在网站 www.write4children.org 上找到。我向大家推荐安德鲁·梅尔罗斯的《为儿童写作》。当我不写作时，我会完全专注于我的生活。如果你需要青少年文学中与性、毒品和酒精有关的信息，可以问我，但在物理或法语方面，我爱莫能助。如果我不告诉你，你永远不会知道，我在节食。

38

舞台上的“交接之道”：让舞台剧本动起来

引 言

观众很少去读剧本，他们更愿意去看演出。剧本实际上是舞台演出的一个蓝图。导演在排练过程中首先要做的事情之一可能就是“让剧本动起来”，从而看看演员们在舞台上表演时，它的实际效果如何。演员在舞台上的移动被精心设计与“调度”，为的就是让剧本的舞台表现力最大化。对于编剧而言，这个过程可谓是极富启发性的，他可能会突然意识到某些场景并不像他想象的那样，或者是他又有了新的发现，而这是他之前没能想到的。

创意写作课程常常会忽视舞台剧本创作的这一重要特征。下面的练习旨在为学习创意写作的学生提供一个新的视角，以便他们懂得如何让自己的剧本在舞台上更具表现力，而非只是纸上谈兵。

练　习

较为合理的设计是，让学生在彼此的剧本中交替担任角色，尽管从技术上讲，每一位编剧都可以去依次表演每一种角色，并在其中获得一些新的想法。

开辟一片舞台表演的空间，并为每位学生分配一个剧中角色。练习开始时，把手头的某件物品交给某位演员——一只网球、一支笔或一本书——手头有什么就给什么。在指定的“舞台”之内，演员们可以将任意一个地方作为表演的起始位置。另外在“舞台”上摆几把椅子，用以定位，同时演员们也可以将他们拿到的物品放在上面。

无论物品在谁手里，第一位出场的演员都需从其手里把东西接过来，然后再放在舞台上的任意一处，或者交给下一位演员，与此同时，演员们还要说出相应的台词。

下一位演员要一边说台词，一边将物品从它现在的位置取过来，或者是从前面的演员手中接过来，然后再把它放到舞台上的一个新位置，或者交给下一位演员。

教师要事先告诉学生，在进行现场表演的过程中，他们完全可以忽略剧本的某些规定，而按照自己的意愿去选择舞台上的位置，从而尽可能自然地去获取和处置物品。

通过留意演员们的即兴发挥，学生们将会用新的角度去考虑自己的剧本。于是，关注的焦点就被转移到每一幕的表现力和演员们的表演如何更好地提升编剧的舞台创意上来。一旦发现演员们的某个或某组移动效果很好，编剧就可以去考虑演员们的现场动机是什么，以及在特殊时间走向特定位置的原因何在？

探索不同的舞台布局

通过亲身实践和深入观察，学生可以构想出更多形式的舞台布局——如设计一个拱式舞台入口、一个凸型舞台或者圆形剧场。你可以基于演员在舞台上的实际走位，跟学生探讨不同舞台布局是如何对舞台事件的传达发生影响的。例如拿一般意义上的台口来说，这里既是舞台前部的中心，通常也被认为是演员和观众产生沟通最多的地方。一场戏里面最关键的时刻在这里上演最容易出效果，因此，编剧所面对的挑战就是如何确保相关演员能够在戏剧的关键时刻轻松地移动到舞台上的关键位置。而如果舞台被设计成圆形剧场，那么观众和演员之间的这种动态关联就会变得更加容易实现，剧本也就可以更加灵活、有效的工作，而不再受限于舞台的布局。

在练习中，你也可以帮助学生去测度演员出场和退场方式的可操作性与实际效果。实验和探索乃这一过程的重点所在，要让学生尝试各种各样的人物走位方式，从而看看哪种是可行的，哪种是需要改进的。

目　的

本练习可以帮助学生去思考一个更加广阔的课题，即舞台布局是如何在观众和演员之间发挥联结功能的。同时，学生也会亲身体验到在舞台中后场角落和舞台前场中心发声的不同效果。

千万要注意，本练习并非提倡在创作剧本的过程中优先关注舞台表演，而是希望编剧们去思索，他们的剧本应当如何根据演员、剧组成员和观众的需要去创作，而非根据读者的需要去创作。这是一个关键性的思想转换，它通常会给学生带来显著的帮助，尤其是当他们刚从散文写作进入舞台创作之时。

作者自介

保罗·卢卡斯（Paul Lucas）

我的全名叫保罗·杰勒德，来自圣保罗和我的一个在都柏林卖地毯的叔叔，这二人都经历过“洗心革面式”的灵魂转变。我主要创作舞台喜剧，有些作品已经在爱丁堡、伯明翰、考文垂、斯卡伯勒和伦敦西区上演。我向你推荐乔治·普林顿编的《编剧实操》，《巴黎评论》的剧作家访谈录。我在自由爵士或“愤怒的小鸟”游戏方面可帮不了你什么。如果我不告诉你，你永远不会知道，我还是一名训练有素的焰火师。

39

从自身实际出发：读你知道的书

引　言

在来参加写作班之前，并非所有学生都准备好了接发反馈信息的关键技能。但是通过面对面的学习，这些技能能够被轻而易举地获得，虽然不是所有的学生都有机会进入写作班学习。在接下来的练习中，我着重强调刚起步的作者重视阅读的价值所在。目的是要帮助那些只能远程学习的学生从自己业已熟悉的文本起步，继而提升其他写作方面的重要能力。

我以前也曾独自在家进行过远程学习，那时家里连一个五岁以上、能和我聊聊作品的人都没有，在这种情况下，我开始设计出类似下面所述的练习并完成它们。比如：为特定目标而进行泛读和精读，并围绕该目标写出初稿——这已经成了一个历史性的标本，后来我还对作家所使用的和当时作为学生的我所使用的技巧进行了分析。通过这些练习，我变得更加客观，不再像起步的学生那样，拘泥于简单好恶之类的反应。

在课程的早期阶段（我至今仍采用类似的策略），教学活动总是与学生自行选择作品展开阅读、评析和研究相结合。然后，基于学生对写作技巧方面的具体问题作出回应，然后一起设计出比较短的“模拟练习”。就未来写作的蓝图规划而言，这些练习比某些特定的公式化训练有效得多，当然，灵活性本身就是本练习的内在需要。

练　习

阶段 1

在前期培训中（通常是通过电子邮件，有时也通过在线聊天或网络电话），我们要明确：每个学生在读什么、阅读频率以及他们为什么会选择这些书和作家来读。我们同时也要弄清楚，作为一个读者的阅读和作为一个作者的阅读之间有什么差别。我要求学生选一个短篇故事或作品中的某一章，节选最好方便大家在交流中讨论。

然后，我会请每一个学生对他们的选择做一些概括性的思考，并记下笔记。在作品当中，具体是什么让他们产生了兴趣？是语言、节奏、悬念、细节描写，抑或是作品当中的意象，等等。根据后续的教学重点，我会要求学生提供一些特定的书面答复。举例来说，如果下一堂课讲的是有关结构方面的内容，我可能就会要求学生思考他们所选文本中的叙事结构方法。如果下一堂课是有关再现或者倒叙的，我就会要求他们仔细查看这些修辞手法的具体使用情况。

在网络教学班，可以通过留言板或群邮件来实现这一目的。同学之间通过在线相互交流并了解各自的阅读兴趣所在，同时为教学打开局面。当然如果在学生单独和教师进行互动的情境下，教师可以更好地帮助学生在观点分享以及自我认可方面获取更多自信。

阶段 2

学生通过电子邮件，把上一堂课问题的回答发送给我。然后，围绕这些答案，我们会选取一种方式来讨论。我发现在最初阶段，让他们来讨论自己所选择的阅读材料，可以激发他们自主安排学习计划的积极性。这也帮助了那些缺乏自信的学生得以就他们所选择的篇目完成问答——在按照我后面所发起的根据文学品味和风格进行分析之前。基于他们的回答，我们会一起设计出个性化的写作练习。例如，倘若某个学生特别着迷于作家所使用的第一人称叙事，以及由特殊的童年经历所导致的痛苦记忆闪回等手法，他可能会尝试使用这些他所钦佩的技巧。

我要求每个学生都做这项练习，然后在下堂课前就他们的作品写一个短评。我们通过邮件往来执行这两项任务。我会将每个部分的反馈意见都发给学生，在这一课程的早期阶段，我更关注的是学生对自己作品的分析而不是创意写作练习本身。然后，我们会确定下堂课的教学重点（例如行为和描述之间的关系），要求学生挑选一个作品片段，研读文本，就我们确定的教学重点写一个短评，然后发给我。

在接下来的课程中，我们讨论这一短评，然后围绕该教学重点设计一个创意写作练习，并完成。几堂课下来之后，学生一般都能够更为精准地审视他们自己所创作的作品。

目 的

用学生喜欢的作品吸引和鼓励他们去阅读、去思索、去严肃地对待写作，这会为他们带来一种满怀信心、精力倍增的学习过程。虽然他们可能是通过分析最流行的小说或“粗浅”的创意写作材料起步的，但是在谙熟更多文学文本和自身作品的技巧方面，他们通常能够很快地建立起自信。

本练习更深一层的价值在于，它有助于向作者们强化一种强烈的写作职业操守。有规律的阅读和写作习惯将被牢牢嵌入对自己和对他人作品的个性化分析——无论是自主化的阅读还是被“设定”的阅读，而这也将成为伴随其写作生涯的一个部分。

作者自介

米歇尔·M·克劳福德（Michelle M. Crawford）

我一直以为我的名字来源于著名的披头士乐队的歌，但在十几岁的时候我发现，我的名字可比那首歌要来得早得多。我目前住在西澳大利亚的珀斯市，我成年后的许多时间都是在一个偏远的北部地区的沙漠小镇上度过的。我主要创作小说、诗歌以及非虚构文学作品。我推荐凯特·格雷维尔的《写作手册》。不写作的时候，我试着学习法语。如果我不告诉你，你永远不会知道，我去年帮助我女儿接生了她的第一个宝宝。

40

制造悬念

引 言

阿尔弗雷德·希区柯克不仅是一个喜欢制造悬疑的狂热分子，他还喜欢让观众在某个时刻发现，电影里的餐桌下面正藏着一枚定时炸弹，然而剧中人对此却浑然不觉。如此一来，类似于晚餐聚会这种再平常不过的场景也会变得非常吸引人。在某种意义上，正是观众的“预知”制造了悬念——观众们所知道的跟剧中人所知道的不同——与此同时，观众因此也就被动成为了剧中人的偷窥者，而且随着剧情的展开，他们还将感受到前所未有的紧张感。

相比之下，文本创作则要求更多的主动参与，而读者也不会像电影观众那么被动；读者对信息的探索和发现常常会推动阅读本身，因为读者几乎跟作品主人公和叙事者同步。因此，对于一个作者来说，关键是要懂得“被动悬疑”（如在电影和戏剧中那样）和“主动悬疑”（如在一个故事中那样）之间的差别，并且制造出一种能让读者一直阅读下去的紧张感。

我的许多学生都喜欢创作小说，而对于各种类型的小说——神异、惊悚、恐怖、玄幻、科幻小说——悬疑都可以在故事发展中扮演关键角色。无论是瞬间恐惧、紧张，还是猛然警醒，悬疑情节描写在任何类型的小说中都能起到一种增强紧张感和戏剧性的作用。因此，本练习不仅可以用来帮助学生了解如何在文章中制造紧张气氛的方法，而且也提供了一些在任何语境中都能使用的创造性工具。

练　习

首先，让你的学生挑选一些他们认为比较成功的悬疑性短篇作品在班上分享。或者你也可以自己挑选这类作品并带至课堂，让学生分成小组去阅读，并让他们明确指出具体是哪些技巧增强了文本的张力。然后，再让学生讨论是哪些技巧使得文本显得格外具悬疑感。

接下来，将下面这张清单分发给学生，让他们学习这六个在故事中制造悬疑的关键点，并在他们自己带来的短篇上标记出这些写作技巧的应用。提醒他们，制造悬念的关键在于使用强大的、叙述性的写作去平衡这些技巧——因为滥用它们很可能会让写作变成拙劣的模仿。

制造悬念的六个关键点

1. 把不相干的语词影响力降到最低，将叙述集中在精准有力的动词上面。

2. 使用大众化的语汇。(现在可不是炫耀聪明才智的时候!)

3. 语言要能准确表现文章中的人物行动。一定要目标明确、切中要害，千万别让人物的动作拖拖拉拉——行动是推动情节发展的引擎。收尾时节奏要放缓——让读者期待故事高潮的到来总是十分有效的!

4. 短句子可以加快故事发展的节奏，长句子则可以减慢故事的节奏。把节奏由快变慢可以增加故事的紧张感，而故意打乱节奏则可以增加悬念。

5. 让关键性的词或短语反复出现可以为读者营造想象空间。

6. 如果是比较长的故事，那么让叙述在两个视点之间来回切换能让故事更加诱人。作者可以从一个视点跳到另一个视点，这是一种从电影里借用的技巧。1914 年著名的默片《宝林历险记》就十分巧妙地运用了这个技巧。电影中，女主角被绑在了铁轨上，当火车沿着铁轨朝她飞驰而来时，男主角拼命地想要救她。当画面在女主角那尖叫而扭曲的脸、火速赶来的男主角和越来越逼近的火车之间不停变换之时，你甚至都不需要去看，就可以想象得到那种通过镜头快速切换而营造出来的紧张气氛——一切都在制造悬念。当然对于写作新手来说，在多个视点之间来回切换的手法可能会有些难以掌握，因此，先确认这种技巧是否适合你的故事结构尤为重要。

现在，让学生从以下提示开始去完成他们自己的悬疑作品片段。下列提示中的任何一条原本都不具备什么悬疑成分，因此需要学生用前面提及的写作技巧赋予它们悬疑感。

- 妈妈烤了一些巧克力曲奇饼干；
- 在宠物店购买一条金鱼；
- 决定去一家快餐店吃晚餐。

在练习的最后，邀请学生自愿朗读他们的作品，并请全班讨论其所使用的技巧。

目 的

通过这个练习，学生们会发现“怎么写”跟“写什么”同样重要。通过特定的技巧训练，他们可以在自己所写的任何东西中加入悬念——无论何种类型的文章，甚至无论何种形式（这些技巧对诗歌和散文也一样适用）。他们还将懂得，有很多具体的写作技巧是所有优秀的作家都有必要掌握的，而学习这些技巧本身就是写作的一部分。具备制造悬疑的能力为学生带来的不仅是一种对所有作家都有用的写作技巧，而且也可以帮助他们认识到，带着主动心态积极参与的阅读跟被动的观看是大不相同的。这也会让你的学生更好地理解本次练习的主旨所在。

作者自介

迈克尔·G·科尼利尔斯（Michael G. Cornelius）

我叫迈克尔·科尼利尔斯。我住在美国的宾夕法尼亚州，主要创作推理小说。我推荐大卫·斯塔基的《创意写作：四种主要类型》。不写东西时，我喜欢把注意力集中在一条以宗教改革领袖约翰·诺克斯为名的黑色哈巴狗身上，或者我老婆身上——看我当时的心情。如果你需要有关女性侦探小说的信息，可以找我，但我对一些科技类的东西可不太拿手，我到现在都不怎么会用我的iPad。如果我不告诉你，你永远不会知道，在我貌似迷人的笑脸下面隐藏着一颗不大愿意跟人交往的心——不过既然如此，那就由我去吧。

41

利用你的一切特长： 拥抱创意（写作）

引　言

创意写作课程很容易遭遇的困扰——是关于“创意”这个话题根本没得可讲。因为创意写作教师往往都是非常有创意的人，而让有创意的人去审视创意问题，就像让鱼去审视水一样——对于自己整天泡在其中的东西，人往往缺乏超乎其外的想法。

经验丰富的创意写作者往往会对其创作过程进行思考：知道自己最好待在一个特定的房间写作，或者最好在一天当中的某个特定时间写作。知道在写作时自己需要尽量避免浏览新闻，或者为银行转账之类的事情费心。

相形之下，很多学生仍处在努力建构有创造力的主体身份的阶段，他们尚未准备好去应对更多——眼下，他们仍在苦苦求索用语言去虚构和创造一些可以得到他人欣赏的东西究竟意味着什么，以及什么才是他们必须提供并能让大家感兴趣的独特之物。

这也正是我为什么要在课堂上留出一个专门的时间，让学生去互相交流他们在生活当中所做过的最富有创意的事情是什么。艺术的边界无疑是有争议的，但是为了鼓励学生，我愿意私自拓宽艺术的疆界——只要学生们的行为有一丁点儿的创意，我都会称之为艺术。

在你的班上也试试这个吧，我敢打赌，你会跟我有一样的发现：你的学生做过各种各样的事情，各种各样你从未想到去做的事情。他们完全可以对这些事情进行艺术开掘，从而写成十分有趣的作品给你和大家分享。

练 习

留出30～60分钟的时间提问：有谁曾经给自己做过衣服？谁玩乐器或者在某个唱诗班唱歌？谁写同人小说？有谁画画，哪怕只是漫画涂鸦？有谁做针织？谁会手工折纸？谁在童年时就曾跨出自己生活的街区并留下了远征不朽的印迹？谁在海滩上筑过沙堡？谁在镀银的食物器皿上扮过鬼脸？谁制作过网络视频？谁为朋友做过混音？谁拍摄那些他们在购物或走路时发现的稀奇古怪的事物？谁在网上上传过虚假的自传？谁开通过网站？谁喜欢为社团制作宣传海报？谁脑子里有一个全新的电子游戏构想？

放手让学生去吹牛、欢笑和相互提问。这一群体会话的内在价值在于：一旦学生开始觉得自己是一个富有创意的人，并且回顾自己在生活中所做过的那些具有创造性的事情时，他们就拥有了自信，进而也就想成为更加强大的发明者和创造者。

当然你的工作还需更进一步：比如提问学生他们将如何把自己的其他特长带入写作？他们能为自己所塑造的人物或者为伟大的历史人物创建一个网上档案吗？他们会用照片或画面去衬托故事吗？能在一种艺术形式和另一种艺术形式之间搭起一座桥吗？一篇用乐谱写成的

故事会是什么样子？而一篇灵感来自针织或折纸的故事看起来又会如何？你的学生会深入他们所玩电子游戏的人物内心吗？他们当然可以让那些游戏人物不停飞奔和射击火炮，但是他们能够想象出一个傀儡生命可能会有的无限厌倦吗？——同样的事件，一遍遍地重复体验，一次次地死亡，一次次地醒来，然后一切又要从头来过。

当学生将他们在生活各个领域的创意带入课堂时，我最喜欢布置的任务之一就是让他们写一篇一页纸长短的故事——这样更容易在墙上展示，它首先便于招揽目光，其次也方便读者近距离观看。学生可以用炭笔"涂抹"出一篇"图文一体式"的故事，也可以利用电脑来完成这一创作（有几种免费的软件能帮他们做到这一点）。有工艺美术背景的学生还可以制作三维雕塑作品，上面用文字或抽象派艺术元素装点。

对此，教师要多说一些肯定的话，鼓励学生大胆实验。有些雄心勃勃的构想可能实施难度会很大，甚至注定会失败，但是不妨勇往直前——是的，有些时候他们是失败了，但他们虽败犹荣，还有可能会因此发现新的契机；而有些时候，他们也可能会获得超乎想象的成功。作为教师，重要的是永远不要批判失败，而是要鼓励冒险。

从一开始，有创意的作家就需明白：他们有一些独特的东西要带到写作中来，这与他们那富有创造性的历史相连，而非仅仅与在纸上码字的经验相关。也就是说，他们要拥有一种敢于尝试未知的自由。

他们必须像冒险家一样自由地去冒艺术之险。

目　的

本练习的目的涉及三个层面：

建立自信

利用各自的特殊才能和经验，学生们信心倍增，并且开始考虑如何将自己的独到之处运用到创意写作中。

黏合集体

通过让学生一同分享他们那些富有创意的过去，本练习不仅能帮助他们相互了解，而且有助于他们在各自的创造力方面相互认同。

激发创意

不同形式的创意嫁接可以成为特别丰富且充满活力的源泉。在这之前，有些学生可能认为创意写作需要遵循某种特定的传统形式；之后他们则会在发现新形式方面大有长进。

作者自介

艾米·兰特（Amy Letter）

我叫艾米·兰特。兰特家族的多数人都进了邮政系统工作，但我决定当一名作家。我住在佛罗里达的劳德代尔堡，一片靠近海滩的亚热带沼泽地带——这里的一切都是危险的：植物、动物和天气。如果你想了解科幻小说中的物理学知识，可以问我，但是我对于奇幻小说所知甚少。如果我不告诉你，你永远不会知道，我喜欢弹奏我的夏威夷小吉他。

42

歌词创作教学：一种综合体验

引 言

衡量创意写作这一学科发展的标尺之一，就是看它是否能将一些亚学科容纳进来，比如歌词创作。创意写作项目为歌词创作配置的课程数量相对较少——虽然它也在增长，这反映出该课程在学生中的受欢迎程度。事实上，有不少学生正是从写歌而进入创意写作的。

创意写作项目能为歌词创作提供一种合适的语境吗？我的回答是："当然"就像所有的写作类型一样，歌词创作也有其既定格式和具体做法，以及这一文类所要求的特殊的语言使用方式。该文类同其他的创意写作类型的关键区别在于：歌曲是"综合型"的，换句话说，它通过两种媒介——文字和音乐——表达意义。

本练习主要涉及：

1. 增强学生对音乐和口头语言的节奏和重音结构的理解；

2. 给学生留下这样一个印象，即一位成功的词作者不仅熟谙每种媒介的原理，而且深知二者如何在歌曲中相互关联。

练　习

阶段1

这一阶段的练习，既可以参考学生在诗歌写作中已经学过的重音知识，如抑扬格或扬抑格等，也可以被用作最初的“热身”活动。

课前准备

1. 拷贝一组音乐片段；

2. 搜集一组供学生使用的短语。

先让学生仔细聆听音乐。对于那些或著名或传统的旋律而言，欣赏和盛赞它们的形式不计其数，而本阶段练习的目的则是让学生用一种独特的方式去感受它们，如捕捉其节奏和重音所在。教师提供的短语越离谱越好，这样便于学生去打破语词和“感觉”之间的对应关系。

课堂教学

首先将搜集来的短语写在黑板上，并同学生一起去温习它们，当然你对这些短语与你所挑选的音乐片段之间的对应关系早已了然于胸。现在，反复播放几遍音乐片段，然后把学生分成每两人一组，让他们在这些音乐片段和短语之间进行搭配。你要向学生说明，只按照重音相同的原则进行搭配即可，不用考虑别的。所选音乐可涉及：

1.《里士满希尔的小姑娘》第一行（即“在里士满希尔，住着一位小姑娘”）；

2.《一吻情深》第一行（即“我们深情一吻，从此一刀两断”）；

3. 其他任何著名的歌曲，最好是全班同学都熟悉的（比如《生日快乐歌》）。

与上面选项匹配的短语如："我长满了虱子，你却只有头屑"（对应 2）；"今天你必须得去干活"（对应 1）。

课堂反馈

看看学生是否作出了正确的搭配。

他们设法去寻找答案了吗？他们是如何确定答案的？你所要达到的目的，就是要让学生体会出上述音乐和短语在重音上的相似之处。

如果学生实在无法确定答案，你可以建议他们将音乐配合短语的节拍敲打出来。这一方法可以很好地帮助学生去发现重音所在，并且确定其数量多少。如果你想确定诗歌的重音所在，这也不失为一个好办法。

阶段 2

依据阶段 1 学到的知识，即如何去判断那些短语和音乐在什么地方相互一致，让学生推荐一些全班同学都听过的歌曲，并将之与下面的短语进行匹配。

1. "我讨厌洗盘子/我讨厌许心愿"；

学生在这里可以提供多个匹配项，比如 Lady Gaga 的《邪恶的浪漫》。

2. "你只需等我告诉全世界"。

同样，这里也可以有很多个歌曲选项，比如凯莉·米洛的《忘不了》。

课堂反馈

将学生推荐的歌曲全部写到黑板上，并提问班上的其他学生，看看他们是否同意上述匹配方案。

接下来询问学生他们是根据短语中的什么元素出发去选择匹配歌曲的。除了节奏之外，他们可能还会提到个别发音的重读——在这个阶段，要着重关注它们是辅音还是元音。当然最好能对此进行一些梳理，并鼓励学生去思考这些辅音的性质：它们是轻辅音还是浊辅音，等等。同样，如果是元音，就辨别一下它们是长元音还是短元音，是轻柔的还是有力的，等等。

再接下来，让学生去重点关注节奏。

阶段3

现在，让学生即兴创作他们自己的歌曲，并与下面的短句相匹配：

1. “你能不能，让我，一个人待会儿”；
2. “超然物外，冥思静坐”。

课堂反馈

如前，询问学生他们是根据短语中的什么元素出发去选择匹配歌曲的。

如果你懂语音学，还可以向学生介绍摩擦音、流音和齿音等知识，从而让他们能够进一步细化其对语词发音的分析。

让学生去描述这些短语间的节奏，指出其中哪些音节需要重读，哪些无须重读。

阶段4

播放专辑《纯粹的风笛》中第四支曲子《黑熊致敬》（学生们可以在Spotify上找到这个专辑）。

让学生为此曲的0：02—0：12乐段填词。

应该说，传统的苏格兰音乐非常适用于这一类型的练习，因为它们的节奏特别明显。本项填词练习可以留作家庭作业，然后在下次课进行讨论。

课堂反馈

让学生念出或唱出他们填的歌词。

请其他同学评论这些歌词填得是否合适？如果不合适，原因是什么？

让每一位同学说说是什么影响了他们对词语的选择。

目　的

本练习的目的在于提高学生对以下内容的认知能力：

• 音乐、正常说话和独立单词的节奏与重音问题；

• 我们的语调（例如提问时的语调）如何能够被复制到音乐中去？

• 歌词同旋律之间的关系，比如体现在节奏、速度以及独立语素的独特发音方面。

通过积累对音乐片段和短语的分析经验，学生接着便可以尝试为更长的乐曲片段填写歌词了——先是填写整段开头，然后是整首歌词。

此外，通过上述的技能实践与锻炼，学生们应该既可以去分析、也可以去处理一些由具体的歌曲类型引出的特殊问题了。

作者自介

莎朗·诺瑞斯

上小学时，有一位实习教师曾跟我们讲过以色列人的故事。她告诉我们可以将自己的名字倒着写在卷纸上，就像希伯来卷轴那样。这位实习教师一直说我的名字写得不对。最后她喊道："不，西伦，你还是没有写对。"我向大家推荐西莉亚·亨特和菲奥娜·辛普森的《写作：自我与反省》。我主要创作非虚构文学。不写作的时候，我喜欢去旅行。你如果想了解挪威而不是荷兰的话，可以问我，虽然我从没去过那里。如果我不告诉你，你永远不会知道，我有做比萨饼的秘制配方。

43

打破常规：超越实用性和合理性

引言

想象力自由驰骋之时，便有快乐和喜悦降临，而这往往为忧心于写作技巧的初学者所忽视。在诗歌创作领域，我希望能和我的学生共同分享的乐趣之一，就是有机会背离实用性和合理性而进行语言探险。

舍弃语言的常规用法，对于将英语作为第二语言的说话人或写作者而言特别困难，因为他们总是把精力放在语法的准确性上。针对来自中国香港和内地的本科生，我会尝试使用以下两种练习方法。可能因为他们学习的目标是想成为一名英语教师，所以我发现他们在学习的时候，往往过分依赖教育理论和第二语言教学法。由于太过频繁地关注语言实用性、合理性的一面，因而忽略了自身创造的潜能。

我的目标是用诗歌来作为启迪，以鼓励作者去发现语言在其他方面的用途。

练习一

我要求班里的每个学生选出一个名词并写在小纸条上，然后把纸条放进盒子或塑料袋里。它可以是一个具体的或抽象的名词，但是作为首选的词，应当与季节、情绪相关，或者能给人以自由想象的空间。

我用诗人北岛的《太阳城札记》作为范例，这首组诗由十四个短小的诗篇组成，各篇的标题都由一个普通名词构成。我发现，北岛的诗对我的学生相当有用，因为在中国香港，这首诗被广泛地阅读和讨论。事实上，它有可能适用于来自任何地方的学生，这不仅因为它涉及东西方的身份认同与文化政治，还在于它具有超现实主义的一面。这些诗句每每会给作者所拟定的名词标题以隐喻性，因此可以在读者群中引发不同的解读。

下面的诗句是我模仿他的风格而写的：

青春

长大的我
坠入岁月的
深渊

贫穷

这是你无法隐匿的
连着咳嗽
和爱

美丽

世界通用的
货币

研读完北岛的诗后，我请每个学生从袋子里抽出一个名词，并为这个词在他（或她）心目中的含义下一个隐喻性的定义。在这个练习中，要提醒学生：无须太注重逻辑性，否则他们的诗读起来将更像一个字典词条。我鼓励他们模仿北岛诗歌的超现实主义格调，对特定名词来进行一个小小的创造性的叙述。

我经常孜孜不倦地把收集到的每个人的作品汇编成一首长诗，而为了增强集体参与意识，我会根据课堂时间和小组成员多少，亲身参与到创作中来。

练习二

人类语言的翻译真是十分有趣，因为它允许作家用不同的话语重现同一内容。我通过向学生介绍莎士比亚的诗句“我岂能将你与夏日相比?”来开展练习。我选用的是霍华德·莫斯的译文，这一版本把莎翁笔下的浪漫形象转译成了现代英语。莫斯用十三行诗保持了原诗的格律，却又打破了十四行诗必须达到十四行的惯例。他对这首家喻户晓的诗歌的转译处理，为我们提供了一个讨论语言和形式的机会，进而也为我们的练习增加了一个新的维度.

在读了这首十四行诗的不同版本之后（这些版本在网上都很容易找到），我会发起一个简短的讨论来分析这首诗。讨论将围绕十四行诗的形式技巧，以及莫斯在打破传统与延续传统之间的取舍而进行。

一旦开始改写的过程，学生就可以自由使用他们自己的隐喻来再现形象了。我也鼓励他们使用韵脚字典，用书或上网查阅都行，以方便他们的写作进程。需要提醒的是，同其他任何改写一样，在尾韵方面也不必拘泥于原作者所采用的形式。恰恰相反，他们可以自由去发现各种惊喜。

目　的

练习一帮助学生创作出他们自己的短篇“概念诗”（definition poem），这一方法拒绝对名词作实用性和合理性理解。它还为学生们提供了运用想象力和表达该事物在心中含义的机会。练习二可以让学生理解十四行诗的特点，并且在遵守惯例和打破惯例之间游走。

作者自介

尼古拉斯·Y·B·王（Nicholas Y·B· Wong）

我叫尼古拉斯·王。我住在香港，但更多时候住在我自己的思想里。我写诗，喜欢尝试不同的形式和内容，详细请见 http：//nicholasybwong. weebly. com。我向大家推荐金·阿多尼诺的《平凡的天才：挖掘你的诗人潜质》。如果你需要在网上写诗并让自己为人所知的信息，可以问我，但是在戒烟和戒咖啡方面我可没法帮你。如果我不告诉你，你永远不会知道，我爱狗胜过爱人类。在家里，我讲广东话，这是我的母语。更多时候，我压根儿不讲话。

44

奇思异想：从神话而来的创意写作

引　言

古代神话可以为创意写作写手提供很好的写作素材，一旦经过反思性的消化吸收，它们完全可以为当代写作带来许多契合这个时代的全新资源。但有一个常见的误区需要警惕：许多作家仅仅只是“更新”一下故事，虽然人物名称和环境都换成了新的，核心情节却一成不变。比如说，一篇借鉴伊卡洛斯和代达罗斯故事的作品，根本没必要再去虚构一对名叫伊恩和德里克的父子，或者再去描述类似飞行和坠海的情节。[①] 事实上，真正的挑战在于我们如何去分析这个故事，并且从中提取精华，进而创作出令人耳目一新的作品——当然，也没必要非以当代为背景不可。下面的练习将主要致力于写作训练，但也兼顾作品阐释和

① 伊卡洛斯（Icarus）是希腊神话中代达罗斯（Daedalus）的儿子，与代达罗斯使用蜡和羽毛造的翅膀飞离克里特岛时，因飞得太高，双翼上的蜡遭太阳融化，遂跌落水中丧生，被埋葬在一个海岛上。

批判性思维。

练　习

准备阶段

在练习开始阶段，全班一同进行；而在随后的两个阶段，则需要将全班分成几个小组进行教学。我发现玛丽·M·伊尼斯对古罗马诗人奥维德所著《变形记》的散文化“转译”就非常不错，作为叙事范例，它可以迅速为学生所借鉴。

先从一个简单的问题开始，比如：“这篇故事说了什么？”请学生对此进行概括。例如：“代达罗斯是一位实验家，他用羽毛和蜡为自己和儿子制成了翅膀，父子俩一起飞上了天空，但是由于伊卡洛斯飞得离太阳太近，固定翅膀的蜡被融化了，他就掉到了海里。”然后问学生，他们对此故事有何想法或感受？这一问题鼓励大家进行深入思考。你可能会得到这样的回答：“伊卡洛斯应该牢记他父亲的话”，“他太兴奋了，结果忘乎所以了”，或者是，“代达罗斯肯定非常自责”，“他没有遵循安全程序吧？”再或者，“能够飞翔，这只是一个梦想，不是吗？”

然后问学生是否愿意以及如何去更新这个故事。由于“文化缺省”[①] 机制的存在，有的学生可能会想到德里克和伊恩的情节；也有的会想到伊夫·罗西，一个拥有了高科技翅膀的当代飞行者；或者有的会强调飞行安全，并建议成立一个为运动和休闲提供飞行装备的工厂。然而你要做的是让学生丢掉这些显得有些狭窄和表面化的讨

① 文化缺省（cultural default）是翻译中的常见现象，指由于文化的差异的存在，读者对不同的文化现象的解读产生了困难。有些是由于原语文化在目的语文化里找不到对应词而造成的，有些是由于误解造成的。

论——它们只是一个初步练习。虽然学生们不可能完全忘记，但至少在这一阶段先有意识地放弃。

进入练习

如果你把全班分成三到六个小组，这个练习会更加有效。仍然是讨论伊卡洛斯的故事，发给每个小组三张卡片。每张卡片上各有一个问题：在这个故事中，什么是害怕？什么是希望？什么是最重要的细节？让学生将对应的回答分别写在三张卡片上。这一问题模式可用于大多数的故事。

要集中探讨故事的象征意味，而非停留在字面阅读上，例如对死亡的恐惧，对越界行为的担忧，对自己孩子冒险与探索行为的忧虑，害怕天谴、过失、莽撞以及命运的无常。至于希望方面则可能是，渴望逃离、返乡、解决问题、寻求刺激、比父亲飞得更高、父辈向孩子传授技艺、用技术来改善生活和超越限制。

最后是重要的细节方面，它们可能是羽毛和蜡、翅膀、父亲的眼泪、深蓝色的大海以及农夫。要给这个练习一定的时间限制，然后让学生同全班分享他们的答案。相互交流是非常重要的，因为它可以展示出大家对故事的不同解释，拓展不同的意义维度，还有故事同我们自己的梦想和观念的联系。

写作阶段

接下来，将所有卡片收起来混到一起，然后再次分发给大家，每个小组会拿到三张新的卡片。每张卡片上面写着一个或害怕、或希望的故事因素，再或是一个重要的细节。让学生再次忘掉前面所有的讨论——这又是一个不切实际的指令，因为学生们当然不可能全部忘记，但还是要鼓励他们去排除之前的干扰。随后，要求每个学生使用他们组组内卡片上的三个条目创作一篇新的故事或一首新的诗歌，要求涵盖卡片上的三个项目，但不要有意识地以伊卡洛斯的故事为基础。最后，请学生自愿朗读他们的作品，并以新故事（或新诗歌）对伊卡洛斯的故事的创新方式展开讨论。

目　的

本练习的重点有二：一是让学生从神话传说中汲取创作资源；二是学习、领会诠释学知识与技能。通过这一写作训练，学生不但可以生产出富有创意的作品，而且对此类写作——乃至所有写作——是如何运行的能够有一个更加深入的理解。神话是一种特别容易引发共鸣的原典资源，但是学生还需要对一般文学研究中的诠释过程有所了解，包括了解我们自己的关注焦点是如何决定了我们对文本意义的实际定位的。

作者自介

阿米娜·艾尔雅（Amina Alyal）

我的名字是根据贝里尼的一部歌剧中的女主角命名的。我既写学术文章也创作诗歌，相关信息请见：http：//www. leedstrinity. ac. uk/departments/english/pages/default. aspx。我向大家推荐艾德里安·梅的《神话与创意写作》。不写东西时，我喜欢烹饪。如果你想了解波斯艺术或者伊丽莎白时代晦涩难懂的诗人们，可以问我，但我在足球或电视真人秀方面一窍不通。如果我不告诉你，你永远不会知道，我总是在听有声版的《都柏林人》。

45

建立诗歌工作室

引　言

这个我亲身实践的诗歌练习植根于达达主义运动和特里斯唐·查拉[①]的“剪裁技术”（cut up）。学习达达主义的创作方法，先将一篇作品的词语剪成碎片放进一个盒子或袋子里，然后再从中捡出某些词语拼贴成新的诗歌以完成自己的创作。在历史上，查拉还曾把作品碎片装进过一顶帽子里。

尽管我的学生在课堂上也喜欢讨论“剪裁技术”的历史背景，并且也学习了威廉·巴勒斯[②]等使用过这项技术的作家，然而一开始的训练却未能让学生们产生真正的共鸣。而将教学方案稍加调整之后我

① 特里斯唐·查拉（Tristan Tzara，1896—1963），罗马尼亚人，达达运动创始人。1916年，查拉在瑞士与人组织了一个名叫“达达”的文学团体，后来的达达主义涉及视觉艺术、戏剧、美术设计等领域，对20世纪的一切现代主义流派都产生了影响。

② 威廉·巴勒斯（William Burroughs，1914—1997），美国作家，与艾伦·金斯堡及杰克·凯鲁亚克同为“垮掉的一代”文学运动创始人。

发现，学生们更乐于自己拥有对叙事的掌控权——比如实际的写作，对语词进行选择与重组等，这些都会激发他们更高的热情和更多的创意。

本练习特别适合那些以视觉为导向的学生。我发现，比起以往的键盘操作或手写创作，在本练习中，他们更加喜欢对诗歌的呈现和不同寻常的换行方式进行实验。

练　习

在全体练习阶段，我采用研讨式教学。当有大块时间时，这一方法效果最好，例如在夜间班。而对于课时较紧张的班级，最好是在上一节课就提前分好小组，这样开展练习时就不会浪费时间。

我鼓励学生去找一篇杂志文章、新闻故事甚至一则广告词，只要是他们想加以改造的就行。另外，我要求他们各带一管胶水和一把剪刀。我自己也带些杂志、报纸、胶水和剪刀供大家备用。有时候，甚至那些准备充分的学生也会在课堂上受到某种启发，从而选择我所提供的杂志。

接下来，我就让学生开始剪裁。对于这些正在被创造的诗歌，我从来不在其长短、类型上做任何限制。我经常发现，学生们所构想的东西是我闻所未闻的。我也让他们自己决定要在多大程度上挑战自我，比如尝试用一篇关于战争的新闻报道或一首简单的日本俳句创造出一首爱情诗。

我在这个练习中设定的唯一规则是：学生只能拼贴来自同一篇文章、广告或随笔的词语碎片。我发现，对学生所选语汇的篇目来源加以限制是十分必要的，如果他们从一开始就去浏览多份杂志，进而遍寻自己想用的语词或喜欢的字体，那他们将在辗转之间丧失宝贵的时间。

我还发现，学生们经常会以各种方式将文章中的插图或照片用到自己的诗歌中。在过去，我也曾让学生把诗歌粘贴到照片上，或者将其作品的局部用图案装饰。只要你足够有创意，诗歌作品也可以成为一种视觉艺术，并且，大多数学生似乎都觉得这一艺术创作非常令人满意。

作为本练习的一个变奏，我还会向学生展示汤姆·菲利普斯的代表作《人类印迹》。菲利普斯将其职业生涯中的最好时光都用在了改造维多利亚时代的小说上面，从它们的书页中创造自己的诗歌。而近年来，诗人奥斯汀·克里昂在他的《报纸断电》中则对《纽约时报》做了类似的再创作。他之所以将其创作称作“报纸断电”，是因为他把所有用不上的词语全都用黑色颜料给涂掉了。克里昂的方法虽然没有《人类印迹》那样创意繁多和色彩斑斓，但其方法的简易性也的确吸引了一些学生。

在练习中你会发现，对于“剪裁技术”，某些学生会学得比别人更快，因此如果有人一下子创作了好几首诗歌，不必过分惊讶。

目　的

对我来说，本练习的目的在于让那些不认为自己是诗人或不怎么习惯于写诗的人们重新去思考选词和语言问题。要知道，他们开始诗意地思考几乎出于偶然。如果我要求他们写一首诗作为家庭作业，我怀疑他们会遭受很大压力，而且会犯不少新手的错误。我收上来的诗歌作业也不会像在班上创作出来的那样具有实验性和有趣。在过去，我收上来的诗歌包罗万象，可谓从全国足球联赛到“今天我不穿内裤”，应有尽有。

通过限制学生创作时选用的词语来源，我鼓励他们好好琢磨那些摆在眼皮底下的语汇，并且思考它们落到纸上的模样。以这种独特的方式，对写作的限制恰恰是一种解放。

作者自介

科琳·卡尼·里奇（Colleen Kearney Rich）

我的父母为我起名科琳，因为在爱尔兰语中它是“姑娘”的意思，而且跟爱尔兰姓氏卡尼搭配得很好。我住在弗吉尼亚的费尔法克斯郡。尽管我将大部分时间花在杂志专题文章上面，既是兴趣也有收益，但也创作了两部尚待润色的小说。斯蒂芬·金的《写作这回事：创作生涯回忆录》是一本我经常推荐的书。不写作的时候，我通常会带我的孩子去进行体育运动。在税务和电子表格方面，我可帮不上什么忙。如果我不告诉你，你永远不会知道，我有恐高症。

46

30/30 项目：培养一种天天写作的好习惯

引　言

30/30 项目是一种让学生在 30 天内写 30 首诗歌的技能训练。它要求学生每天都要在网上发布一首自己的诗歌，当然他们也可以借机阅读其他同学的作品。我想将此项目放在 4 月份进行，因为这是美国的国家诗歌月；或者放在 11 月份，这是国家小说月。在这两个月份，学生们可以融入一种更浓厚的写作氛围中去。

在训练的第一周，学生们会发现自己进入了一种日常化的写作状态。他们将时刻寻找创作主题，并感知潜伏着的第一行诗，仔细观察自己的世界。

这一训练项目也适合于小说写作课程。

练　习

我使用黑板来启动 30/30 项目，当然也可以选取其他任何一种方便学生发表诗歌和评论的网络平台。

第一天，宣布训练规则：

30/30项目规则

规则很简单，年轻的战士们：

每天一首诗，为期一个月。每天截止到午夜12点。

每首诗至少8行。

主题不限。形式不限或者无形式。

将你的诗歌发布到平台上（不要以附件的形式）。

亮出你的作品！

每天都要维护论坛。在每日论坛中，每位学生都要为他/她的诗歌单发一个帖子。我建议学生就用自己诗歌的题目作为帖子标题，这样一来，大家一眼看过去，就可以发现所有的作者和作品。

评论

在最初的几天，一件很重要的事情是：教师要针对每一篇文章做出回应。这将开创一个良好的势头，并且会鼓励学生定期关注论坛。与此同时，老师也要为自己设定评论比例。比如我会对我的学生说明，我将一一阅读他们的诗歌，但并不会逐一评论。然而无论如何，我每天都会发布或抄送自己对全天发布的诗歌作品而非个别诗篇的例行点评。

最好的点评往往是简洁的、充满鼓励的、有趣的、具体的和建设性的，比如："哇噢，你过去几天的进步很大！在一首原本齐整的诗歌里面，加上一些饱含渴望而又十分精彩的斜韵，就像多出一些惹人喜爱的美妙音符一样。你不这么认为吗？"

切记 30/30 项目是一个开发可持续性写作能力的实践，因此尽量不要急于修订作品。修订工作可以在整个学期之后或在别的写作项目开展，也可以安排在写作工作坊面对面式的教学当中。也就是说，有的学生可能会在某一天上传他/她的诗歌的修订版本，但这绝不能替代他/她在那一天应该提交的作品。

应对倦怠

30/30 项目有一种明显的节奏。在刚开始的一周，学生们往往劲头十足；然后在中间的两周，部分学生开始倦怠；到了最后一周，大家又都像打了剂强心针一样拼命。作为项目的主持者，我同时也是一名拉拉队队长，因此时常在网上或班上给大家加油鼓劲。

激励可以创造奇迹。在诗歌月中段的一个星期，我会倡议大家用别人的风格进行创作：每天宣布一位不同的学生诗人，当众称赞他/她的行文优点，同时向全班举荐一首其代表作，并邀请感兴趣的同学模仿该诗的风格。或者，我也可以指导学生用自己往日的习作作为新作的起点。理想情况下，学生们应当多写一两首额外的诗歌，以备不时之需——如在文思枯竭、生病或做不完作业时使用。

评估

这个项目完全应该在最终成绩中占据较大比重。针对这一练习，你可以设定非常科学的评分标准。比如，学生每少交一天的习作就要被扣掉 5 分。

一般来说，我会给按照规则和计划完成项目任务的学生高分。这是最重要的标准。当然，和那些一直能写出有思想、高质量的诗歌作品的学生相比，一个反复交出滥竽充数的作品的学生将获得较低的分数。

附加的激励机制

如果你和学生一起亲身实践这个项目，他们将会更加高兴。比如说，仅仅知道你会与他们一同挨过令人沮丧的第 3 周这一事实，就足以强化整个写作团队的热情。当然，你跟学生所要遵循的规则必须是相同的。谁都不享有特权。

目 的

创作

30/30 项目的主要目的在于创作诗歌，以及培养一种天天写作的良好习惯，相对而言，对作品质量的要求尚在其次。我发现，通过每天一首诗的写作训练和大量阅读其他同学的作品，学生在一个月里所收获的益处比同样是一个月的诗歌技巧讲座能带给他们的要多得多。

阅读

30/30 项目使诗歌阅读变得更加容易。在我对夜间班的点评中，我会给出一些早已选定的诗人的诗歌范例，或者是在线文学期刊。有些学生可能还没有意识到，他们在这一个月阅读的诗歌比他们在整个本科生涯中读的都多。但他们不会抱怨这种超量的阅读，因为他们的阅读很快就会转化为自己的诗歌。

作家工作坊的一种替代方案

30/30 项目还可以作为作家工作坊的一种替代性方案。尽管它的主要目的不是修改诗歌而是创作诗歌，但在这一个月当中，提出修改意见仍是必不可少的。这一新空间是课堂对话的一个补充。它是轻松的、便捷的、可自我检索和可追踪的，因为在这一个月里面，学生们的所有作品都将汇集在一起。

利用新媒介打造写作共同体

在 30/30 项目中，学生们非常享受他们对新媒体技术的理解和运用。在某种意义上，该项目可谓将传统诗歌教学班的私密性与现代媒介的便捷性和科技实践项目的学术严谨性糅合在了一起。技术是必要的手段，如果你想在课堂之外创建一个更加复合的写作共同体的话。

每个学生都可以根据他/她自己的情况去适应这个项目。有些学生会通过智能手机随时查看论坛的更新状态，从而保持论坛的活跃性，直至深夜；另一些同学则会每天选择一个固定的时间去发帖与回帖。

作者自介

伊恩·威廉姆斯（Ian Williams）

世界上还有很多人也叫伊恩·威廉姆斯——如一位是英国的喜剧演员，一位是美国足球运动员，还有一位是澳大利亚的计算机专家——但我是其中唯一一个在 http：//www. ianwilliams. ca 网页上安营扎寨的人。这里面的 . ca 代表加拿大，那是我的祖国，虽然现在我是一名马萨诸塞州的英语教师。我创作诗歌和小说，关于世界各地的你、我、他。我向大家推荐金·阿多尼诺的《平凡的天才》。关于万众瞩目的浪漫芭蕾舞剧，我一窍不通。好吧，没错，其实我知道的比你想知道的还要多。

47

将漫步运用到创意写作中去：
溜达、观察和描述

引言

为了提高学生们的描述能力，把他们带到户外走走，通常要比让学生们待在课堂上更为有效。通过安排一次短暂的漫步，并让学生在来回走动中思考、进行自我探索，你可以为他们提供一个使用便笺和草图记录各种感知的机会。这个实践过程类似于头脑风暴，即让学生从自然界和外在环境中寻找激发创意的事物，还可以随意地搜集一些小物件，当然前提是：在那里，这么做是合适的。

当学生回到教室，鼓励他们用这些类似备忘录一样的东西来创作一首诗、一个故事或一篇随笔。这个练习具有广泛的适用性，并且几乎可以根据所有阶段的写作班——无论初级班还是高级班——的时间限定和需要来进行调整。

练 习

提前通知学生，上课期间会安排户外漫步，让他们穿上合适的衣服，这一点非常重要。外出前，为学生列举一些兴许会对他们有用的自然物，如果可能的话，把这些东西带到课堂上来先展示一下，哪怕是像一片叶子、一块小石头或者一个皱巴巴的易拉罐那么普通。引导学生用句子片段来简短描述这些小物件。要让学生把注意力放在记录事物的细节上来，例如一片叶子的叶脉，或者一只海螺所特有的锥型、螺纹和旋转方式——学生的记录越具体，这项提高描述能力的训练就越有效。当你为学生的描述进行点评的时候，要鼓励他们自由创作，并且强调，他们所需要完成的不必是经过仔细打磨的文字，写成类似电报般的简短随笔或日志形式反而更好。同时，在进行户外探索以前，要确保你为学生清楚地划定了允许他们进行漫步的范围，而且向学生解释了希望他们能够遵守的其他一些规则。

在户外，学生应独自或结对在选定区域漫步，并记录下不同的事物。这个时候，教师的角色是鼓励学生在写作和观察之间保持平衡，因为对于学生来说，单单专注于写作或观察的任何一个方面都是极其容易的，要兼顾两方却不然。举例来说，非常有必要让每位学生完成一篇至少包含了六种不同事物的一页完整的记录，以帮助学生保持观察力。此外，引导学生去发现有趣的自然现象或者人造物，可以帮助那些起先并不情愿加入练习的学生开始他们的观察和写作。

把学生重新召集回班里或在户外集合后，让他们分享各自的一些观察发现。讨论建议采用以下方式：学生的观察记录可以进一步创作成诗歌，或者把这些记录用来作为一篇小说当中的元素，再或者把它们纳入个性化的随笔当中。例如，一首诗可以把对某个特定事物的描述延伸成一个隐喻，也可以根据几种事物的邂逅展开出场，因为这一邂逅塑造了某种漫步经验。我经常会布置一个后续练习或者家庭作业，那就是让他们基于漫步——以创意写作工作坊的形式进行——中的记录完成一篇创意写作的初稿。

练习拓展

除了在漫步中写一些简短的描述性语句之外，还要试着让学生收集一些小东西，或者做些素描以及草图之类的记录。这样做的好处在于，当学生有时间去仔细研究这些事物时，他们就将获得更多的生动描述，而不仅仅是现场匆匆忙忙地做些粗略记录。然而这样做的缺点是，一旦在户外课堂鼓励学生进行素描或者收集东西，他们就会写得很少，并且你还得严格限制哪些东西他们可以带走，哪些东西不能带走。

我已经将这一练习运用到了传统的创意写作班里，并且使其运用于剧本创作班、日志写作班和城市建筑书写班等不同班级的教学。在剧本创作班里，学生被要求寻找特定的场所来设计他们的戏剧和演出。在日志写作班里，虽然学生在漫步中所做的记录后来被修改了，但记录的行为被上升到日记创作。事实上，日志写作和日记体写作以其自身的魅力，现在已被视为正统的创意写作流派之一。在城市建筑书写班里，我们远足的中心是城市而不是自然界，而学生观察的重心在于不同的基础设施建筑网络，以及建筑空间与环境之间相互作用的方式。

我曾经还实施过完全在室内的漫步教学，即安排学生就空间的规划设计和不同用户对空间的种种改造进行对比记录：包括去记录公共空间和私人空间的界限，或是其他被忽视了的建筑物的特点。采用漫步的形式去激发学生写作，可以在任何地方进行，不管是身处都市、郊区还是农村。

目　的

本练习力求实现这样一些目的：进行头脑风暴般地激发话题，帮助学生加强形象思维能力和描述能力，要求学生修改他们的初始作品。通过把学生的注意力集中到某一时点的周遭世界上面，让他们明确主题范围，同时获得创作动力。那些对周围事物和环境进行了细致观察的学生，将有望在他们所使用的语言中体现出更加丰富、动人和更加精确的意象和细节。让学生用做笔记的形式记录观察结果强化了这一写作过程；当学生为了寻找创意而回过头去翻阅自己的笔记时，他们将对原有的粗略记录进行整合、修改、重组、重写乃至删减，从而打造一个更为精巧的片段。最后，本练习也鼓励学生在日常生活中多做记录，进而让写作成为一种日常习惯。

作者自介

威尔·科代罗（Will Cordeiro）

我的全名叫威尔·J·科代罗。在我小的时候，家里人叫我“新闻学士”（B·J），而在大学时，越野队队友则给我取了个绰号叫“骗子”（‘Fake’）。我在布鲁克林生活了好些年，现住在纽约州的北部地区。我创作所有创意写作类型，并且从事新闻报道和理论研究工作。我推荐大家阅读大卫·马梅的《匕首的三种用途》。如果你想了解有关18世纪花园的修剪技术，可以问我，但是我没法帮你烹饪“鲁昂鸭”之类的菜肴。如果我不告诉你，你永远不会知道，我有一次打扮成了一只穿山甲来过万圣节。

48

小说家的调查精神

引 言

从科学的角度来讲，玛格丽特·阿特伍德的推理小说《羚羊与秧鸡》有相当高的可信度。阿特伍德在该书的“致谢”中坦言，是调研让她的小说具备了这种可信度。我用这篇“致谢”以及来自其他著作中的类似内容告诉我的学生——他们当中有些人可能感觉自己的创作主题不够广泛，在小说领域，通过调研来进行创作是非常可行的。

我设计了以下练习来帮助学生了解调研在小说创作中可以起到怎样的作用。本练习能够引导学生通过调查去获得信息，进而得以创作那些他们不太熟悉的主题。不用说，个人经历自然会对他们的创作有所帮助，但是调研可以为其提供之前不了解的细节。

本练习最好留作家庭作业，因为学生们为了完成它，就不得不去实实在在地调查各种各样的话题。当然这只是一次练习，所以并不要求学生们交出一篇完整的小说，不过，他们至少得提交两页左右的故事梗概或者一篇微型小说的草稿。

练 习

我在讲义里采用如下一些方法，你也可以改变其中的内容以适应不同的小说创作班。

调研项目

调研可以在小说中发挥重要作用。虽然有的作者可能会以国外工作经历或异域旅行的背景作为开始的设定，但他们经常会感到对该地区缺乏更多的了解。然而这不应该成为写作上的障碍，任何人都可以写受困于矿井中的工人，或者写美国考古学家在埃及“1·25 革命”期间身陷开罗的故事。

为了完成这项任务，请至少调研一篇小说里的两个内含元素，比如某一职业或某一背景，并把它们整合进一篇小说。这个习作片段并不需要多么完整，但至少要有 600 字的长度（约两页）。

方法

1. 选择一个特定职业——不要是作家，最好是你不熟悉的某种职业。

2. 再选择一个元素——可以是一个地方、一个历史事件、一种宗教信仰等等诸如此类的。这由你来决定。

3. 不管你喜欢什么样的调研方法，你都可以用它来调研这一职业以及你所选定的那个元素。譬如说，你可以从谷歌搜索开始，最后在医院里结束——哦，我可不是让你积劳成疾！而是要你尾随在一个验血医师或儿科护士身后继续做调研。打电话、泡图书馆、去动物园，或者用上任何你认为能够获得信息的途径去开展调研。唯一的要求就是你要花心思，手、脚、眼并用，好把你的调查工作进行下去。

4. 将收集到的材料整合起来，开始写一个短篇小说，或者是一篇微型小说。你故事中的主角应该从事你所调研的那份职业，不管这份职业的性质是什么。或者至少，这一职业应该是你小说中与主角有密切接触的另外某个人所从事的。

不要让调研的成果把你限制住了，而是要让它为你的写作提供信息。例如，你完全没有必要重温验血医师抽血前必须要做的一番程序，而只选用那些在她参加晚宴时可能会影响到她的言谈举止的职业特质就可以了。

我不要求我的学生附注参考文献来证明他们所做的调研工作，而是让每一个学生向班级里的其他同学讲述他（她）是如何完成这一阶段的调研工作的，讲述中要包含实地调查、网络搜索和采访当事人等他们所使用的方法的细节。

许多学生会精益求精，从而将这些调研成果运用到一篇囊括了众多职业和场所的完整的微型小说或短篇小说中去。在业已完成的项目当中，有一些同学塑造的角色我很喜欢，其中包括一位威士忌蒸馏酒爱好者，一位负责把车辆从交通事故现场移走的拖车司机，以及一位王室婚礼的蛋糕设计师。

目的

通过这一练习，学生们应该懂得了调研是小说创作中的一个重要元素，并且学会欣赏一些书籍的致谢页，如前面提到的《羚羊与秧鸡》，或者是莎拉·格鲁恩的《大象的眼泪》。

看到已经出版的作品采用了我们所练习的调研方法，可以进一步激励学生去认真对待这一工作。

更何况，学生们也应该试着且有能力去创作一些超出他们专业领域之外的主题。现在，他们应该丢开手头的工作，准备好用各种调研途径去了解那些他们不了解的事情了。

作者自介

戴米斯蒂·D·贝林格

我叫戴米斯蒂·道恩·贝林格。我母亲想给我取名叫戴芙杰兰特，而我父亲则喜欢美斯狄这个名字。于是我生命中的头一天是在没有名字的处境中度过的，直到他们彼此妥协。我住在美国中部的内布拉斯加州。我写现实主义小说，这不同于现代、后现代以及实验小说。我推荐詹姆斯·伍德的《小说原理》。如果你需要有关抚养双胞胎方面的信息，可以问我，但是关于家居装潢方面的事，抱歉，我就帮不了你什么了。如果我不告诉你，你永远不会知道，我真的深入研究过小妖精乐队（the Pixies）和弗兰克·布莱克的所有代表作。

49

同大师一道写作：在模仿中发现创造力

引　言

我一直认为，好的作家绝大多数也是好的读者，因此，创意写作班的学生应该好好向大师们取经。毕竟，在一个人从自己的创造力之泉汲水之前，应当首先确保它的丰盈。通过对经典的深入考察，同时通过自身的原创实践，学生们可以对语言文字的真实力量和无限潜能有更加充分的领会。

我用本练习来鼓励学生实践和尝试内在于各种文学类型和风格的广阔可能，而这种“广阔可能”是不会自己跑到学生面前的。理想情况下，一旦学生想要修改和完善自己的作品，这个练习就能立刻上手帮助他们去勘探自己的多种选择。

练　习

本练习的灵感来源于弗拉基米尔·纳博科夫逝世后出版的《劳拉的原型》。当然，本练习也一样适用于其他作家和作品。

关于纳博科夫

弗拉基米尔·纳博科夫（1899—1977）可谓 20 世纪最具天赋的风格大师之一，他创造其杰作的方式更是与众不同。纳博科夫大概是将其所有故事写在图书索引卡上的第一人。在他最后的、未完成的小说出版之时，图书设计者把作家的手稿卡片原样影印在了书中，并进行了边缘虚线式处理。这么一来，读者就可以顺着虚线把这些“卡片”从书中剪下来，从而得到一部跟原稿一模一样的复制品。这些卡片每张都写有一到两段文字，有些文字是作家刻意描绘出的文学细节，有些则似乎只是作家的思想片断。

动用纳博科夫

由于《劳拉的原型》这本书自身的性质，对于本练习来说，它实在是一个完美的选择。你所要做的就是去买本书，然后把里面带虚线的卡片剪下来。

给每位同学发一张印有纳博科夫文字的卡片。无论卡片上印着什么，指导你的学生把它们融进各自独特的故事，可以用在习作的开头、中间或结尾。此练习的目的很简单，就是让学生创造性地推演出一篇业已开启的故事。事实上，虽然我通常不提倡强制性写作，但我发现给全班布置这个任务却是极具生产力的。当然，你要给学生限定写作时间，时间的长短取决于你希望学生写出来的作品的长度。要让学生尽快去写。

我发现这个练习在创意写作班的开始几周非常有用，因为它可以引导学生去实际创作作品，从而很好地化解了“万事开头难”这一问题。毕竟，学生是以集体协作的方式投身这一训练项目的。再进一步看，让学生从别人的文字片段进入自己的写作的另一个好处是——他们更容易拥有分享精神，或许这是第一次，其本人的作品有了真正意义上的读者。正是由于学生们的故事是从别人的作品中萌芽的，所以我们就把对其创作可能太过私人化的担心撂到一边了。更重要的是，我发现学生常常会惊喜于他们居然能够创作出自己压根儿没去考虑太多的东西。

不用纳博科夫

经过边缘虚线式印刷处理，《劳拉的原型》一书就具备了“事先打包”的优势，因此非常方便在本练习中使用。不过，其他作家的作品在本练习中也一样适用。就其他书籍而言，问题仅仅在于你选择哪些作品的片段分发给学生而已。选择不同类型的段落（如描述性的、感人至深的、幽默的、多对话的，等等），将进一步开拓学生的创造力。

例如，将纳博科夫那令人着迷而又细碎繁复的语言风格同海明威的高度简约进行比较，是十分有益的；而将他俩全都模仿一下，则会帮助学生认识到两位杰出作家之间的显著差异。此外，桑德拉·希斯内罗斯的《芒果街的小屋》在使用比喻方面堪称典范，既丰富又准确，学生们应当好好效仿，而乔伊斯或伍尔芙作品中的任何东西都可以被用作一种挑战。不过，本练习的重点并不是要给学生出难题，而是要鼓励他们扩展自己的综合技能，进而挑战自我，激发真正的创造力。

一旦学生们完成了自己的初稿，我就请他们依次朗读，先读我发给他们的文本，然后朗读他们由此创造出来的习作。尽管借鉴的是同一位作家的写作风格，但他们最终完成的作品却清晰展示出了每个不同个体的真实声音。从使用复制材料进入写作开始，每个学生都开启了一段发现自己独特声音的旅程。

对于学生来说，尝试的写作类型或风格越广，他们为自己开辟的写作可能性就越多。作为教师，我则衷心祝愿你能享受这种找到最欣赏的经典作品并将其文本片段带入本练习的过程。

目 的

总的来看，本练习能够从两个方面帮助学生。首先，它可以帮助他们克服对许多人来说最困难的部分：开头。我发现，在一个新手作家面前，没有什么比面对一张白纸更让人感到害怕的了。而在本练习中，从零开始去写点什么的艰巨任务被消解了，因为学生是从发给他们的文本进入写作的。

其次，让年轻作者从别人的作品片段进入自己的写作，会带动他们去发现乃至完善自己的声音，而被抛入陌生地带则会迫使他们去发现那些他们不这么做就可能永远不会发现的创作技艺。短期来看，这会让学生直接体会到某些创作风格的独特魅力——或是反感。长远来看，当学生的创作在大师们的影响下不断进步，或者说是不断成长时，他们就会更深地挖掘自己的文学创作之源。

作者自介

亚当·罗伯特·弗洛里迪亚（Adam Robert Floridia）

我习惯于使用自己名字的所有首字母拼写“ARF”——

它有“汪汪”（狗吠声）的意思，而我恰恰喜欢狗。我喜欢在我的巧克力实验室打发时光，并给它起名叫“斯各特”——根据我最喜欢的电影人物的名字命名。我的“斯各特”位于康涅狄格州的梅里登市，一个小州的一座小城，不过在一个大国——美国。我通常只给晦涩难懂的文学期刊写一些无聊的学术文章，但我也从未放弃开发自己的创造性才能，因此我推荐由芭芭拉·贝克编辑的《我们的写作方式》一书。任何关于手工的问题可千万别找我，但你可以问我有关库尔特·冯内古特的事情。如果我不告诉你，你永远不会知道，我有一种极其幼稚的幽默感。

50

带着感觉去写：
唤起情景指导写作中的风格、韵致和情感

引　言

有一种常见的观点认为：影视剧本不像散文和诗歌那样被视为独立完成的作品，它不过是一幅蓝图，即一幅纯粹的“示意图”，最终要服务于屏幕、舞台或广播剧的生产。纸页上的影视剧本仅仅是最终作品的一部分，而非作品本身。

这种想法带来的一个问题是，有些人因此认为影视剧本不需要具备创作风格，你只要把它当成一个简单的内容大纲来对待就可以了。事实恰恰相反，原始的影视剧本写作越完美，随后的舞台演出才会越棒。在成为表演作品之前，影视剧本要能被真正当作一篇故事和一个作品来读才行。

因此，本练习旨在鼓励学生去创作那种构思精妙、情景动人的“示意图”，并以此反映其在叙事上的风格、韵致和情感。

练　习

学生要从他们自己写的影视剧本中抽出一段情景描写，最好是一两页纸的长度，然后考虑应该将其嵌入一个怎样的上下文中去。比方说，这个正在创作中的影视剧本会是什么样子？它适合制作成哪种类型的影视作品？这段情景描写之前该发生什么？之后又该发生什么？对于这部戏，作者想让自己的观众或听众从中感受到些什么？对于这段情景描写，他们又想让观众或听众从中感受到些什么？

一旦上下文被考虑清楚了，学生就应当着手打磨这段情景描写，最好让它达到跃然纸上的效果。教师要提醒学生仔细玩味情景描写中的“感觉”问题，比如不同表述风格中的“感觉”传递（人物的动作及其情感描写），还有不同主题表达中的“感觉”传递（观众能从人物身上感受到什么）。这一点在情景指导写作中的确非常重要，因为一个编剧的首要任务就是在观众和影视剧本之间建立一种紧密的契合关系，就是要让观众对作品有“感觉”。

通过以下四个方面的学习，学生会发现情景描写不但可以被细分，而且具体的效果也可得以加强。这四个方面分别是：节奏、动作、视觉呈现和段落呈现。

节奏

创作影视剧本时，我们会谈到很多有关节奏的事情，但通常是针对整个剧本而非某个特定的情景而言的。我们也经常会谈到连续影像运用和故事线索并置等。其实情景创作也就是节奏创作，对节奏的运用可以反映出编剧对观众的情感预期的把握程度。

比如说对比以下两种表达：“玛丽坐在客厅，不时地看看表，等待西蒙回来”和“玛丽等啊，等啊。时钟在不停地滴答。她看了又看，等了又等”。虽然这两种细节处理所给出的信息是完全相同的，但前者是十分漠然的，完全体现不出玛丽当时的情绪，而后者则让人能够更加明显地感受到玛丽在长时间的等待中所忍受的苦恼。其中的道理很简单：只有遵照契合人物内心动荡的情感节奏去写，我们才能充分感受到整个影视剧本完成且最终上演时的情景会是怎样的。

现在，学生需要首先选定一段情景描写，然后对其中的措辞进行微调，以求更加精确地反映该情景中正在发生的事情。如果时间允许，学生可以和自己的同学协同工作，这样他们还能就各自情景描写的效果进行互评，这无疑是十分有益的，如果能当众分享朗读，那就更好了。

动作

这是一个评价动词使用效果的简单练习，可以有效增强情景描写的力度。此练习首先是要帮助学生更加精确地描写情景，比如一个角色是如何去做某件事情的；与此同时，此练习还可以帮助学生为其情景描写打造更加强烈的视觉呈现效果。

学生应当不断打磨其情景描写中用到的所有动词，因此，有必要再次结合上下文，以考虑是否有更加合适的动词可以促进观众对情景的理解。例如，在“马可走着”、“马可大步向前”、“马可信步而行”和“马可踩着碎步”之间存在的差异，便包含了种种超出单纯语义的微妙呈现。这里的动词所涉及的虽然都是“走路”，却又以不同的形态明确体现出了人物性格。同样，跟“艾玛咯咯咯地笑着”、“艾玛吃吃地笑着”或者“艾玛冷笑着”相比，“艾玛笑着”实在是了无生趣。

当学生在描写人物的行动时，一定要鼓励他们好好把握人物的个性和心思。

视觉呈现

虽然在影视剧本里最好避免提出具体的镜头指导（如标明特写镜头、摇镜头等），但编剧还是可以通过细腻的情景描写对此稍加暗示，以调动对视觉呈现效果的感知。这个过程中，学生被鼓励像导演那样通过微妙的细节去构造荧屏上呈现的形象。

让学生挑一段他们自己的情景描写，并就此设想一组特殊的拍摄角度，要求他们通过聚焦于读者的视觉需求来继续完善这一情景描写。

举例来说，如果一部恐怖片需要一个刀片紧贴受害人脸部的特写镜头，那么针对这一镜头，“她的瞳孔里反射着刀片的阵阵寒光”这个句子就可以非常清楚地暗示出镜头的效果。同样，“马群飞奔着穿过平原，它们身后，夕阳缓缓落下”这一描写则暗示使用全景广角长镜头。

当然，并非所有的指示都需要这么多的细节，不过针对这些方面所进行的自觉思考，肯定有助于强化某些情景描写的可视性。

段落呈现

最后，段落呈现问题也非常重要，因为它同样会影响到情景描写被阅读和被体验的效果。一般的经验法则是，在同一段落之内，情景指导文字不应该超过四行，而多数情况下，它们往往更少。这里有一个较为有效的练习，即让学生参照诗歌的段落布局，思考为什么要以这样一种方式进行文本切割，然后再将这些思考运用到情景指导写作中去。

让学生玩一种情景指导方面的段落呈现方案置换游戏，一开始选用的段落越短越好，然后再让每个段落尽可能地长些。请学生将它们大声读出来，并在每个段落之间稍作停顿，好去思考每一种段落不同呈现方式中的风格、语气和情绪是如何变化的？每一种段落呈现方案都能很好地适应情景描写的需要吗？其中一种会比另一种更吸引人吗？如果将两种段落呈现方案糅合起来效果又会如何？

目　的

本练习鼓励学生打磨他们的情景描写，并且多花时间去修改自己的影视剧本。本练习与那种认为一个情景描写“差不多就可以了”的想法不同，它要求学生即便在情景描写确实有效的情况下也能进一步提出一些问题，并鼓励他们开展关于段落呈现方案的置换游戏，因为这样很有可能会收获更好的作品。

从教师的角度来看，本练习也有助于教师提前感受学生剧本的阅读体验，如此，教师在给学生打分时就会轻松许多！

作者自介

克雷格·巴蒂（Craig Batty）

我叫克雷格·巴蒂。我写影视剧本和关于影视剧本的书籍，也给别人当影视剧本写作顾问。我向大家推荐克里斯托弗·沃格勒的《作家之旅：源自神话的写作要义》。不写作的时候，我喜欢在咖啡馆、饭店和休闲中心等公共场所待着。如果你需要有关肥皂剧和省钱之道的信息，可以问我，但在足球方面我可帮不了你什么。如果我不告诉你，你永远不会知道，我一直有一个想当民航飞行员的隐秘愿望。

编后记：写在书外

从本书中获取最大益处的直接办法，就是利用“主题·分类索引”去查找具体的主题和技巧。该索引提供了书中各练习之间的相互链接，因而可以帮助你创建或更新一整套教学大纲或工作方案。本书的设计也便于你把它装在口袋中或放在包里，以备你缺少灵感或被委派代替他人上课的时候救急用。本书还有配套的电子版——无论你采取哪种方式阅读，它都能随时随地听候调遣。

不过，为了让每一种创造性方法的实用价值都能够得到最大程度的体现，这里还为你预备了几个额外的增值办法：

1. 将书中的“作者自介”作为写作工作坊课上人物刻画练习的开头，或者发给每位学生一篇“作者自介”，让他们以此为基础写一篇短篇小说。

2. 尝试将同一个练习运用到不同的学生群体当中——根据大家的反馈意见，从新的维度对练习进行删减与调整，将最适宜的版本用于以后的教学。

3. 随机选择三个练习，并将它们组合成一次教学活动。或者你也可以找人代劳，让你的学生结成小组做这个工作，然后让每个小组分别负责下次课的一个部分，以检验他们所完成的设计的实际效果。

4. 利用书中某个练习的标题/副标题，进行一次10分钟的自由写作练习。

5. 信手翻阅本书，并选择你任意翻到的那个练习——尽管这么做可能会让大家恐慌。在完成这一练习之后，号召大家集体讨论：一次教学方向的改变是如何刷新了整个课程的重点的。

富有创造性的折中主义是本书的一个出发点。通过创意写作课程在当今高等教育体系中的兼容性，一群来自不同国家、不同写作传统和不同个人背景的写手们得以聚集在一起。通过带领我们自己的学生一起践行这种创造性的折中主义，我们还可以在陌生领域寻找各种未被发现的关联。于是，“写我知道的”这一古老的建议不再是一张安全防护网，而是成了一个有力的跳板。

最后，本书中有足够的材料可以让你和你的学生忙碌起来，但不可避免的是，也会有些练习你暂时不大用得上——我建议，你恰恰可以首先选择这些练习。

伊莱恩·沃尔克

主题·分类索引

本书为创意写作提供了 50 个具体的教学实例。有多少位读者，就有多少条通向本书的道路。本索引从书中挑出一些常见的主题，供读者参考。

以下数字标明的是篇目序号，而非页码。

人物

技能培养

深化创作实践

练习时长

小说

类型

虚构类

适用范围

表演

诗歌

视角

阅读

环境和语境

结构

学生们的普遍需求

虚拟课堂

声音

参考文献

Kathleen Adams, *Journal to the self: twenty-two paths to personal growth* (New York: Grand Central Publishing, 1990).

Kathleen Adams, *The way of the journal: a journal therapy workbook for healing* (Brooklandville: The Sidran Press, 1998).

Kim Addonizio, *Ordinary genius: a guide for the poet within* (New York: Norton, 2009).

Naomi Adler, *The Barefoot book of animal tales* (Bath: Barefoot Books, 1996).

Margaret Atwood, *Oryx and Crake* (New York: Nan A. Talese, 2003).

Barbara Baker (ed.), *The way we write* (London: Continuum, 2007).

M.M. Bakhtin, *Problems of Dostoevsky's poetics* (Minneapolis: University of Minnesota Press, 1984).

J.G. Ballard, *Drought* (London: Penguin, 1977).

Charles Baxter, *The art of subtext: beyond plot* (St. Paul: Gray Wolf Press, 2007).

Samuel Beckett, *Collected shorter plays* (New York: Grove Press, 1984).

Anne Bernays and Pamela Painter, *What if?: writing exercises for fiction writers* (New York: HarperCollins, 1990).

Laura Berk, *Child developmen*t (Boston: Allyn & Bacon, 2003).

Dorothea Brande, *Becoming a writer* (London: Macmillan, 1996).

Charlotte Brontë, *Jane Eyre* (London: Penguin Classics, 2009).

Emily Brontë, *Wuthering Heights* (London: Penguin Classics, 2009).

Arthur Brooke, *The tragicall historye of Romeus and Iuliet*, (London, 1562).

Janet Burroway and Elizabeth Stuckey-French, *Writing*

fiction: a guide to narrative craft (London: Longman, 2006).
Truman Capote, *Breakfast at Tiffany's* (London: Penguin Essentials, 2011).
Sandra Cisneros, *The house on Mango Street* (New York: Vintage, 1991).
Arthur Conan Doyle, *The hound of the Baskervilles* (London: Penguin Classics, 2004).
Helen Corner and Lee Weatherly, *Write a blockbuster and get it published* (London: Teach Yourself @ Hodder Headline, 2010).
David Crystal, *Making sense of grammar* (Harlow: Pearson Longman, 2004).
David Crystal, *Rediscover grammar* (Harlow: Pearson Longman, 2004).
A. Danchev (ed.), *100 artists' manifestos: from the Futurists to the Stuckists* (London: Penguin Modern Classics, 2011).
Bei Dao, *The rose of time: new and selected poems* (New York: New Directions, 2009).
Paul Dawson, *Creative writing and the new humanities* (Oxford: Routledge, 2005).
Carol Ann Duffy, *Mean time* (Vancouver: Anvil Press, 1993).
George Eliot, *Mill on the Floss* (London: Penguin Classics, 1980).
David Elkind, *Children and adolescents: interpretive essays on Piaget* (Oxford: Oxford University Press, 1981).
Donna Farhi, *Bringing yoga to life* (New York: HarperCollins, 2005).
Katie Ford, *Deposition* (St Paul: Graywolf Press, 2004).
Kate Grenville, *The writing book* (Sydney: Allen & Unwin, 1995).
Sara Gruen, *Water for elephants* (New York: Algonquin Books of Chapel Hill, 2006).
Sara Haslam and Derek Neale, *Life writing* (Abingdon: Routledge, 2009).
David Hayman, David Michaelis, George Plimpton and Richard Rhodes (eds.), 'The art of fiction no. 64: Kurt Vonnegut', *Paris Review* 69: spring 1977.
Ernest Hemingway, *The old man and the sea* (London: Vintage Classics, 2000).
Eric Henderson and Geoff Hancock, *Short fiction and*

critical contexts: a compact reader (Oxford: Oxford University Press, 2010).

Ted Hughes, *Poetry in the making* (London: Faber and Faber, 1967).

Celia Hunt and Fiona Sampson, *Writing: self and reflexivity* (London: Palgrave Macmillan, 2005).

Franz Kafka, *Metamorphosis and other stories* (London: Penguin Modern Classics, 2007).

Stephen King, *On writing: a memoir of the craft* (London: New English Library, 2007).

Brian Kiteley, *The 3 a.m. epiphany: uncommon writing exercises that transform your fiction* (Cincinnati: Writer's Digest Books, 2005).

Barbara Kingsolver, *The poisonwood bible* (New York: Harper Flamingo, 1998).

Austin Kleon, *Newspaper blackout* (New York: Harper Perennial, 2010).

Kenneth Koch, *Making your own days: the pleasures of reading and writing poetry* (New York: Simon & Schuster, 1999).

Anne Lamott, *Bird by bird: instructions on life and writing* (New York: Pantheon Books, 1994).

Priscilla Long, *The writer's portable mentor* (Seattle: Wallingford Press, 2010).

David Mamet, *Three uses of the knife: on the uses and purposes of drama* (New York: Vintage, 2000).

Adrian May, *Myth and creative writing: the self-renewing song* (Harlow: Longman 2011).

Steve May, *Doing creative writing* (London: Routledge, 2007).

China Miéville, *Rejectamentalist* (http://chinamieville.net/).

Andrew Melrose, *Write for children* (London: Routledge, 2002).

Steven Millhauser, *The knife thrower, and other stories* (NY: Random House, 1998).

Michel de Montaigne, *Les essais*, vol. 1 (Paris: Chez Michel Sonnius, 1595).

Dinty W. Moore, *Crafting the personal essay: a guide for writing and publishing creative non-fiction* (Fairfield OH: Writer's Digest, 2010).

Valdimir Nabokov, *The Original of Laura* (New York: Knopf, 2009).

Jenny Newman, Edmund Cusick and Aileen La Tourette (eds.), *The writer's workbook* (London: Arnold, 2004).

Tom Phillips, *A humument* (London: Thames & Hudson, 2005).

Ovid, *Metamorphoses*, trans. Mary M. Innes (Harmondsworth: Penguin, 1955).

Ruth Padel, *52 ways of looking at a poem* (London: Vintage, 2004).

Grace Paley, *Begin again: collected poems* (New York: Farrar, Straus and Giroux, 2001).

Suzan-Lori Parks, *365 days/365 plays* (New York: Theatre Communications Group, 2006).

George Plimpton (ed.), *Playwrights at work: the Paris Review interviews* (London: Harvill Press, 2000).

Francine Prose, *Reading like a writer* (New York: Harper Perennial, 2006).

Purdue Online Writing Lab (http://owl.english.purdue.edu/owl/section/1/5/, accessed 3 April 2011).

Raymond Queneau, *Exercises in style*, trans. Barbara Wright (London: Gaberbocchus Press,1958).

Burton Raffel, *How to read a poem* (New York: New American Library, 1984).

A. Siebold and H. Pitlor (eds.), *The best American short stories 2009* (New York: Mariner Books, 2009).

William Shakespeare, *An excellent conceited tragedie of Romeo and Iuliet* (London, 1597).

Ali Smith, *The accidental* (London: Hamish Hamilton, 2005).

Hazel Smith, *The writing experiment: strategies for innovative creative writing* (London: Allen & Unwin, 2005).

David Starkey, *Creative writing: four genres in brief* (Boston: Bedford, 2009).

Gertrude Stein, *Three lives* (New York: Penguin Books, 1990).

Sarah Stone and Ron Nyren, *Deepening fiction* (New York: Longman, 2004).

Mark Strand and Eavan Boland, *The making of a poem* (New York and London: Norton, 2001).

William Strunk Jr. and E.B. White, *The elements of style* (New York: Longman, 1999).

Todd Swift and Philip Norton (eds.) *Short fuse: the global anthology of new fusion poets* (New York: Rattapallax Press, 2002).
Dylan Thomas, *Collected poems* (London: Phoenix, 2000).
Edward Thomas, *Collected poems* (London: Faber, 2004).
The University of Ottawa Hypergrammar (http://www.writingcentre.uottawa.ca/hypergrammar/, accessed 3 April 2011).
Christopher Vogler, *The writer's journey: mythic structure for writers* (Studio City, CA: Michael Wiese Productions, 2007).
John Whitworth, *Writing poetry* (London, A&C Black, 2006).
James Wood, *How fiction works* (New York: Farrar, Straus and Giroux, 2008).
W. B. Yeats, *Collected poems* (Hertfordshire: Wordsworth Editions, 1994).
William Zinsser (ed.), *Inventing the truth: the art and craft of memoir* (Boston: Houghton Mifflin, 1998).

创意写作书系

这是一套广受读者喜爱的写作丛书，系统引进国外创意写作成果，推动本土化发展。它为读者提供了一把通往作家之路的钥匙，帮助读者克服写作障碍，学习写作技巧，规划写作生涯。从开始写，到写得更好，都可以使用这套书。

综合写作		
书名	作者	出版日期
成为作家	多萝西娅·布兰德	2011 年 1 月
一年通往作家路——提高写作技巧的 12 堂课	苏珊·M. 蒂贝尔吉安	2013 年 5 月
创意写作大师课	于尔根·沃尔夫	2013 年 6 月
与逝者协商——布克奖得主玛格丽特·阿特伍德谈写作	玛格丽特·阿特伍德	2019 年 10 月
心灵旷野——活出作家人生	纳塔莉·戈德堡	2018 年 2 月
诗性的寻找——文学作品的创作与欣赏	刁克利	2013 年 10 月
写好前五十页	杰夫·格尔克	2015 年 1 月
从创意到畅销书——修改与自我编辑	詹姆斯·斯科特·贝尔	2016 年 1 月
来稿恕难录用——为什么你总是被退稿	杰西卡·佩奇·莫雷尔	2018 年 1 月
虚构写作		
小说写作教程——虚构文学速成全攻略	杰里·克里弗	2011 年 1 月
开始写吧！——虚构文学创作	雪莉·艾利斯	2011 年 1 月
冲突与悬念——小说创作的要素	詹姆斯·斯科特·贝尔	2014 年 6 月
情节与人物——找到伟大小说的平衡点	杰夫·格尔克	2014 年 6 月
人物与视角——小说创作的要素	奥森·斯科特·卡德	2019 年 3 月
情节线——通过悬念、故事策略与结构吸引你的读者	简·K. 克莱兰	2022 年 3 月
经典人物原型 45 种——创造独特角色的神话模型（第三版）	维多利亚·林恩·施密特	2014 年 6 月
经典情节 20 种（第二版）	罗纳德·B. 托比亚斯	2015 年 4 月
情节！情节！——通过人物、悬念与冲突赋予故事生命力	诺亚·卢克曼	2012 年 7 月
如何创作炫人耳目的对话	詹姆斯·斯科特·贝尔	2016 年 11 月
超级结构——解锁故事能量的钥匙	詹姆斯·斯科特·贝尔	2019 年 6 月
故事工程——掌握成功写作的六大核心技能	拉里·布鲁克斯	2014 年 6 月
故事力学——掌握故事创作的内在动力	拉里·布鲁克斯	2016 年 3 月
畅销书写作技巧	德怀特·V. 斯温	2013 年 1 月
30 天写小说	克里斯·巴蒂	2013 年 5 月
从生活到小说（第二版）	罗宾·赫姆利	2018 年 1 月
小说创作谈	大卫·姚斯	2016 年 11 月
写小说的艺术	安德鲁·考恩	2015 年 10 月
成为小说家	约翰·加德纳	2016 年 11 月
小说的艺术	约翰·加德纳	2021 年 7 月

非虚构写作		
开始写吧！——非虚构文学创作	雪莉·艾利斯	2011 年 1 月
写作法宝——非虚构写作指南	威廉·津瑟	2013 年 9 月
故事技巧——叙事性非虚构文学写作指南	杰克·哈特	2012 年 7 月
光与热——新一代媒体人不可不知的新闻法则	迈克·华莱士	2017 年 3 月
自我与面具——回忆录写作的艺术	玛丽·卡尔	2017 年 10 月
写出心灵深处的故事——非虚构创作指南	李华	2014 年 1 月
写我人生诗	塞琪·科恩	2014 年 10 月
类型及影视写作		
金牌编剧——美剧编剧访谈录	克里斯蒂娜·卡拉斯	2022 年 3 月
开始写吧！——影视剧本创作	雪莉·艾利斯	2012 年 7 月
开始写吧！——科幻、奇幻、惊悚小说创作	劳丽·拉姆森	2016 年 1 月
开始写吧！——推理小说创作	劳丽·拉姆森	2016 年 7 月
弗雷的小说写作坊——悬疑小说创作指导	詹姆斯·N. 弗雷	2015 年 10 月
好剧本如何讲故事	罗伯·托宾	2015 年 3 月
经典电影如何讲故事	许道军	2021 年 5 月
童书写作指南	玛丽·科尔	2018 年 7 月
网络文学创作原理	王祥	2015 年 4 月
写作教学		
小说写作——叙事技巧指南（第十版）	珍妮特·伯罗薇	2021 年 6 月
你的写作教练（第二版）	于尔根·沃尔夫	2014 年 1 月
创意写作教学——实用方法 50 例	伊莱恩·沃尔克	2014 年 3 月
故事工坊（修订版）	许道军	2022 年 1 月
大学创意写作·文学写作篇	葛红兵 许道军	2017 年 4 月
大学创意写作·应用写作篇	葛红兵 许道军	2017 年 10 月
小说创作技能拓展	陈鸣	2016 年 4 月
青少年写作		
会写作的大脑 1——梵高和面包车（修订版）	邦妮·纽鲍尔	2018 年 7 月
会写作的大脑 2——怪物大碰撞（修订版）	邦妮·纽鲍尔	2018 年 7 月
会写作的大脑 3——33 个我（修订版）	邦妮·纽鲍尔	2018 年 7 月
会写作的大脑 4——亲爱的日记（修订版）	邦妮·纽鲍尔	2018 年 7 月
奇妙的创意写作——让你的故事和诗飞起来	卡伦·本基	2019 年 3 月
成为小作家	李君	2020 年 12 月
写作魔法书——让故事飞起来	加尔·卡尔森·莱文	2014 年 6 月
写作魔法书——28 个创意写作练习，让你玩转写作（修订版）	白铅笔	2019 年 6 月
写作大冒险——惊喜不断的创作之旅	凯伦·本克	2018 年 10 月
小作家手册——故事在身边	维多利亚·汉利	2019 年 2 月
北大附中创意写作课	李韧	2020 年 1 月
北大附中说理写作课	李亦辰	2019 年 12 月

创意写作课程平台

从入门到进阶多种选择，写作路上助你一臂之力

【品牌课程】叶伟民故事写作营

故事，从这里开始。

如果你有一个故事创意，想要把它写出来；

如果你有一个故事半成品，想要把它改得更好；

如果你在写作中遇到瓶颈，苦于无法向前一步；

如果你想找一群爱写作的小伙伴，写作路上报团取暖——

加入“叶伟民故事写作营”，让写作导师为你一路保驾护航。

资深写作导师、媒体人、非虚构写作者叶伟民，帮助你实现从零到一的跨越，将一个故事想法写成一个完整的故事，继而迈出从一到无限可能的重要一步。

【写作练习】“开始写吧！——21天疯狂写作营”

每年招新，专治各种“写不出来”。

你有没有遇到过这样的情况：

拿起笔来，或是把手放到键盘上，这时大脑变得一片空白，一个字也写不出来？

或者，写着写着，突然就没有灵感了？

或者，你喜欢写作和阅读，但就是无法坚持每天写？

再或者，你感觉写作路上形单影只，找不到志同道合的小伙伴？

“开始写吧！——21天疯狂写作营”为你提供一个可以每天打卡疯狂写作的地方。

依托“创意写作书系”里的海量资源，班主任每天发布一个写作练习，让你锻炼强大的写作肌。

★ ★ ★

写作营每年招新，课程滚动更新，可扫描右侧二维码了解最新写作营及课程信息，或关注“创意写作坊”公众号（见本书后折口），随时获取课程信息。

创意写作课程平台

Teaching Creative Writing: Practical Approaches
By Elaine Walker PhD

图书在版编目（CIP）数据

创意写作教学：实用方法50例/沃尔克编；吕永林，杨松涛译．—北京：中国人民大学出版社，2014.1
（创意写作书系）
ISBN 978-7-300-18729-7

Ⅰ.①创…　Ⅱ.①沃…②吕…③杨…　Ⅲ.①文学创作-写作学　Ⅳ.①I04

中国版本图书馆CIP数据核字（2014）第008748号

创意写作书系
创意写作教学
实用方法50例
伊莱恩·沃尔克　编
吕永林　杨松涛　译
Chuangyi Xiezuo Jiaoxue

出版发行	中国人民大学出版社		
社　　址	北京中关村大街31号	**邮政编码**	100080
电　　话	010－62511242（总编室）		010－62511770（质管部）
	010－82501766（邮购部）		010－62514148（门市部）
	010－62515195（发行公司）		010－62515275（盗版举报）
网　　址	http://www.crup.com.cn		
经　　销	新华书店		
印　　刷	天津中印联印务有限公司		
规　　格	160 mm×235 mm　16开本	**版　　次**	2014年3月第1版
印　　张	16.25 插页1	**印　　次**	2022年4月第7次印刷
字　　数	198 000	**定　　价**	36.00元